复杂世界 简单活

宗璞 ◎ 著

身处复杂世界，
内心渴望一分简单，

图书在版编目（CIP）数据

复杂世界，简单活 / 宗璞著． — 重庆：重庆出版社，2021.1
ISBN 978-7-229-15224-6

Ⅰ.①复… Ⅱ.①宗… Ⅲ.①随笔—作品集—中国—当代 Ⅳ.① I267.1

中国版本图书馆 CIP 数据核字 (2020) 第 139979 号

复杂世界，简单活
FUZA SHIJIE, JIANDAN HUO
宗璞 著

责任编辑：陶志宏　张　蕊
策　　划：白　翎　玉　儿
责任校对：刘小燕
装帧设计：章敏敏

重庆出版集团　出版
重庆出版社

重庆市南岸区南滨路 162 号 1 幢　邮政编码：400061　http://www.cqph.com
小渔工作室制版
天津行知印刷有限公司印刷
重庆出版集团图书发行有限公司发行
E-MAIL:fxchu@cqph.com　邮购电话：023-61520646

全国新华书店经销

开本：880mm×1230mm　1/32　印张：9　字数：186 千
2021 年 1 月第 1 版　2021 年 1 月第 1 次印刷
ISBN 978-7-229-15224-6
定价：42.00 元

如有印装质量问题，请向本集团图书发行有限公司调换：023-61520678

版权所有　侵权必究

目录

纯粹世界
心有万物，简单而行

愿你在生命的喧嚣中，心有万物，简单而行……

风庐乐忆 …3

药杯里的莫扎特 …7

钢琴诗人
——肖邦 …12

书当快意 …24

读书断想 …31

恨书 …33

卖书 …37

乐书 …42

耳读《朱自清日记》…47

耳读《苏东坡传》...53

感谢高鹗 ...60

小说和我 ...71

一点希望 ...78

风庐茶事 ...80

三幅画 ...84

从"粥疗"说起 ...89

猫冢 ...93

酒和方便面 ...99

从花开,到花落

花,有上场,有退场。人,也是一样。

水仙辞 ...107

柳信 ...112

二十四番花信 ...117

紫藤萝瀑布 ...121

丁香结 ...124

好一朵木槿花 ...127

灵魂在走，与脚下行程无关

山水沿途，可以看看风景。那些稍纵即逝的曼妙风景，有些很快会从记忆里抽离；有些亘古绵长，在很久以后依然可以带着微笑回忆。

山溪 …133
　　——小五台景区即景

墨城红月 …135

西湖漫笔 …140

鸣沙山记 …146

爬山 …150

三峡散记 …158

三访鳌滩 …166

"热海"游记 …170

孟庄小记 …174

养马岛日出 …185

三千里地九霄云 …187

异国游记·山山水水城市间

生活中美好的事物是没有穷尽的。叹为观止的景色还没有止。留着让人向往,让人期待,让人悬念。

澳大利亚的红心 …197

不要忘记 …206

奔落的雪原 …212
　　——北美观瀑记

没有名字的墓碑 …218
　　——关于济慈

他的心在荒原 …224
　　——关于托马斯·哈代

写故事人的故事 …234
　　——访勃朗特姊妹故居

看不见的光 …242
　　——弥尔顿故居及其他

行走的人 …247
　　——关于《关于罗丹——日记择抄》

彩虹曲社 ...251

羊齿洞记 ...255

在黄水仙的故乡 ...260

一九八二年九月十日 ...264

安波依十日 ...270

纯粹世界

心有万物,简单而行

愿你在生命的喧嚣中,心有万物,简单而行……

风庐乐忆

清华园乙所曾是我的家。它位于园内一片树林之中。小时候觉得林子深远茂密，绿得无边无涯，走在里面，像是穿过一个梦境。抗战时在昆明，对北平的怀念里，总有这片林子。及至胜利后，再住进乙所，却发现这林子不大，几步便到边界。也没有回忆中的丰富色彩。

复员后的一年夏天，有人在林中播放音乐，大概是所谓的音乐茶座吧，凭窗而立，音乐像是从绿色中涌出来，把乙所包围了，也把我包围了。常听到的有舒伯特的《未完成交响曲》，这是很少的我记得旋律的乐曲之一。还有贝多芬的《田园》，莫扎特的弦乐四重奏，柴科夫斯基的《悲怆》等。每当音乐响起时，小树林似乎扩大了，绿色显得分外滋润，我又有了儿时往一个梦境深处飘去的感觉。

清华音乐室很活跃，学生里音乐爱好者很多。学余乐手颇不乏人，还出了些音乐专业人才。我是不入流的，只是个不大忠实的听众而已。因为自己有的唱片很有限，常和同学一起到美国教授温德先生家听音乐。温德先生教我们英诗和莎士比亚，又深谙古典音乐。他没有家，以文学和音乐为伴。在他那里听了许多经典名作，用的大都是七十八转唱片。每次换唱片，他都用一个圆形的软刷子把唱片轻刷一遍，同时讲解几句。他不是上课，不想灌输什么。现在大家都不记得他讲什么，却记得他最不喜欢柴科夫斯基，认为柴科夫斯基太感伤。有一次听肖邦，我坐在屋外台阶上，月光透过掩映的花木照下来。我忽然觉得肖邦很有些中国味道。后从傅雷家书中得知确实中国人适合弹肖邦。有很长一段时间，我最偏爱肖邦。

以后在风庐里住的约四十年中，听音乐的机会随客观情况的变化而忽少忽多。只是再没有固定的音乐活动了，也没有人义务为大家换唱片了。最后一次见到温德是在北大校医院楼梯口，他当时已快一百岁了，坐在轮椅上，盖着一条毯子。我忙趋前问候。他用英语说："他们不让我出去！告诉他们，我要出去，到外面去！"我找到护士说情。一位说，下雨呢，他不能出去。又一位说，就是不下雨，也不能去。我只好回来宛转解释，他看住我，眼神十分悲哀。我不忍看，慌忙告别下楼去，一路蒙蒙细雨中，我偏偏仿佛听到柴科夫斯基第六交响曲中那段最哀伤的曲调。温德先生听见了什么，我无法问他。

这几年较稳定，便成为愈来愈忠实的听者，海淀这边有音乐会时，常偕外子前往。好几次见满场中只有我两人发染银霜，也不觉得杂在后生群中有什么不妥。有一次中央乐团先演奏一个现代派的名作，休息后演奏贝多芬的第七交响曲，在饱受奇怪音响的磨难之后，觉得第七交响曲真好听！它是这样活泼而和谐，用一句旧话形容，让人全身三万六千个毛孔都通开了。又一次有一位苏联女钢琴家来演奏拉赫玛尼诺夫第二钢琴协奏曲，于是，满怀热望到场，谁知她的演奏十分苍白无力。我却也不沮丧，总算当场听过一次了。在海淀听过几次肖斯塔科维奇，发现他是那样深刻，和我们的心灵深处很贴近很贴近。一九九一年严冬，我刚结束差不多一年的病榻生活，还曾不顾家人反对，远征到北京音乐厅听莫扎特的安魂曲。记得刚见莫扎特这几个字，便感到安慰。

严肃音乐不景气，音乐会少多了。要听音乐，当然还是该自己拥有设备。我毫无这方面的志向，只是书已够我对付，够我"恨"了，怎受得了再加上磁带、唱片、CD什么的。我憧憬的是家徒四壁，想看书到图书馆，想听音乐一按收音机。许多国家有专播古典音乐的电台，我希望我们在这一点能赶上，不必二十四小时，八小时也够了，可不能安排在夜里。

现代音乐理论家黎青主曾说音乐是"上界的语言"，并引马丁·路德的诗句："谁从事音乐就是有了一份上界的职业。"他自己解释说，意即音乐是灵魂的语言，是灵界的一种世界语言。音乐在诸门艺术中确是最直接诉诸灵魂的，最没有国界的。对"上界的语言"这话，我还想到两层意思：一是可以用来形容音乐的美，另一层意思我用一句话来表达，那就是：能听一点音乐的人有福了。

药杯里的莫扎特

一间斗室,长不过五步,宽不过三步,这是一个病人的天地。这天地够宽了,若死了,只需要一个盒子。我住在这里,每天第一要事是烤电,在一间黑屋子里,听凭医生和技师用铅块摆出阵势,引导放射线通行。是曰"摆位"。听医生们议论着铅块该往上一点或往下一点,便总觉得自己不大像个人,而像是什么物件。

精神渐好一些时,安排了第二要事:听音乐。我素好音乐,喜欢听,也喜欢唱,但总未能升堂入室。唱起来以跑调为能事,常被家人讥笑。好在这些年唱不动了,大家落得耳根清净。听起来耳朵又不高明,一支曲子,听好几遍也不一定记住,和我早年读书时的过目不忘差得远了。但我却是忠实,若哪天不听一点音乐,就似乎少了些什么。

在病室里，两盘莫扎特音乐的磁带是我亲密的朋友。使我忘记种种不适，忘记孤独，甚至觉得斗室中天地很宽，生活很美好。

三小时的音乐包括三个最后的交响乐"三十九""四十""四十一"，还有钢琴协奏曲、提琴协奏曲、单簧管协奏曲等的片段。《第四十交响曲》的开始，像一双灵巧的手，轻拭着听者心上的尘垢。然后给你和着淡淡哀愁的温柔。《第四十一交响曲》素以宏伟著称，我却在乐曲中听出一些洒脱来。他所有的音乐都在说，你会好的。

会吗？将来的事谁也难说。不过除了这疗那疗以外，我还有音乐。它给我安慰，给我支持。

终于出院了，回到离开了几个月的家中，坐下来，便要求听一听音响，那声音到底和用耳机是不同的。莫扎特《第二十一钢琴协奏曲》的第二乐章，提琴组齐奏的那一段悠长美妙的旋律简直像从天外飘落。我觉得自己似乎已溶化在乐曲间，不知身在何处。第二乐章快结尾时，一段简单的下行的乐音，似乎有些不得已，却又是十分明亮，带着春水春山的妩媚，把整个世界都浸透了。没有人真的听见过仙乐，我想莫扎特的音乐胜过仙乐。

别的乐圣们的音乐也很了不起，但都是人间的音乐。贝多芬当然伟大，他把人间的情与理都占尽了，于感动震撼之余，有时会觉得太沉重。好几个朋友都说，在遭遇到不幸时，柴科夫斯基是不能听的，本来就难过，再多些伤心又何必呢。莫扎特可以说是超越了人间的痛苦和烦恼，给人的是几乎透明的纯净。充满了灵气和仙气，用欢乐、快乐的字眼不足以表达，他的音乐是诉诸心灵的，有着无比的真挚和天真烂漫，是蕴藏着信心和希望的对生命的讴歌。

在死亡的门槛边打过来回的人会格外欣赏莫扎特，膜拜莫扎特。他自己受了那么多苦，但他的精神一点没有委顿。他贫病交加，以致穷死，饿死，而他的音乐始终这样丰满辉煌，他把人间的苦难踏在脚下，用音乐的甘霖润泽着所有病痛的身躯和病痛的心灵。他的音乐是真正的"上界的语言"。

虽然时代不同，文化背景不同，专业不同，莫扎特在音乐领域中全能冠军的地位有些像我国文坛上的苏东坡。莫扎特在短促的人生旅程间写出了交响乐、协奏曲、独奏曲、歌剧等许多伟大作品。音乐创作中几乎什么都和他有关，近来还考证出他是摇滚乐的祖师爷。苏东坡在宦游之余写出了诗词文赋等各种体裁的作品，始终是未经册封的文坛盟主。他们都带有仙气，所以后人称东坡为坡仙，传说中八仙过海时来了九朵莲花，第九朵是接东坡的，但他没有去。莫扎特生活在十八世纪，世界已经脱离了传说，也少有想象的光彩了，我却愿意称他为"莫仙"。就个人生活来说，东坡晚年屡遭贬谪直到蛮荒之地。但在他流放的过程中，始终有家人陪伴，侍妾王朝云为侍奉他而埋骨惠州。莫扎特不同，重病时也没有家人的关心。（比较起来，中国女子多么伟大！）但是他不孤独，他有音乐。

　　回家以后的日子里，主要内容仍是服药。最兴师动众且大张旗鼓的是服中药。我手捧药杯喝那苦汁时，下药（不是下酒）的是音乐。似乎边听音乐边服药，药的苦味也轻多了。听的曲目较广，贝、柴、肖邦、拉赫玛尼诺夫等，还有各种歌剧，都曾助我一口（不是一臂）之力。便是服药中听勃拉姆斯，发现他的《第一交响曲》很好听。但听得最多的，还是莫扎特。

热气从药杯里冉冉升起,音乐在房间里回绕,面对伟大的艺术创造者们,我心中充满了感激。我觉得自己真是幸运而有福气,生在这样美好的艺术已经完成之后——而且,在我对时间有了一点自主权时,还没有完全变成聋子。

钢琴诗人
——肖邦

肖邦的名字，代表着玲珑琴音所披露的人的内心，代表着钢琴艺术的最完美的境界。如果没有肖邦，我们对钢琴的概念，甚至对音乐的概念，可能会不同于现在。

常听得人说，某作家写作多年，还没有找到自己，甚至流传了几世纪的名家也不免遭此非议。不知音乐家是否有这种情况。肖邦却是很早便找到自己了。他在七岁时写的第一篇作品《G小调波罗乃兹》的起首两小节，便开始了他在钢琴上特有的、震撼人类精神的轰鸣。如果说这说法太过分，至少他从十二岁至十四岁期间写作的《降G小调波罗乃兹》始，已摆脱模仿，出现了只是属于肖邦的个人风格的因素。他的音乐语言是这样独特，个人风格是这样鲜明，使他比任何一个大师更易于辨认，至少对外行来说是如此。

肖邦的音乐丰富多彩，有时有着迥乎不同的情调、意境，却又每一个音符都显示它是属于肖邦。譬如他的前奏曲中的两段，OP.28之七、之二十，在乐谱上都只有四行，演奏起来不过一分钟，前者明婉清丽，如一支抒情歌曲，后者悲壮沉郁，富于戏剧性。它们在不同中有着共同之处。这共同处不只使它们处于前奏曲的整体中，也使它们处于肖邦全集的整体中。肖邦一生创作二十首波罗乃兹舞曲、五十八首玛祖卡舞曲，两种舞曲情调不同，但它们也是这样明显地属于肖邦，属于波兰。

肖邦和他的祖国波兰是分不开的，虽然他在二十岁时远离故土，永远未能再回来。李斯特在他的肖邦传记中详细描述了波兰的波罗乃兹舞曲和玛祖卡舞曲。知道跳波罗乃兹舞时那庄严进行的队列、人们昂然的姿态，知道这一舞蹈有时是战争前的宣誓，人们跳着这样的舞蹈走向死亡，就会更理解肖邦乐曲中凝聚着的古代波兰固有的、最崇高的感情：一种尚武精神。在他那强有力的节奏中表现出来的如此严峻的英雄气概，如此悲壮雄伟的爱国主义，能使最冷淡的人激动奋发，痛哭流涕后奔向人生的战场。玛祖卡舞曲则全是另一种境界，有时活泼轻盈，有时温柔朦胧。一个旋律带着颤抖的节奏，"听来像一对怀着爱情的男女，凝视着一颗孤独地升上苍穹的星"。在这样两类作品中，我们还是可以听得出每一声琴键的击响都属于肖邦，属于波兰。

那是什么呢？那使得他能够如此鲜明独特的，是什么呢？那是一种诗意。那是一切艺术品不可缺少的，任何艺术家不能互相代替的，只属于个人气质的特有的诗意。

李斯特记述了肖邦自己的一段话，说明他的音乐特色的"苦根"。肖邦说，他虽然也有短暂的快乐，但是从未离开过一个构成他的心的基础的感情。只有他祖国的语言"Zal"这个字，能说出这种感情。别的语言中再找不到同义的字了。李斯特解释说，这个字在关系到事物时，可认为"对不可挽回的损失的无法慰藉的悲哀"。这个字关系到人时，包括了一系列的感情，从淡淡的愁怨一直到激烈的仇恨。"'Zal'这个字赋予肖邦的一切作品时而以银色的色调，时而以热烈燃烧的火一般的色调。"

赋予他音乐银白或火红色调的是诗的激情。诗的激情使得他的音乐永远有肖邦的灵魂在歌唱，在呼喊。无论那音乐是哀而不伤，怨而不怒；或是山崩海啸，动地撼天。

诗的激情来自祖国民间音乐的熏陶，来自远离祖国、深深压在心头的对祖国、人民的热爱。一八三〇年十一月二日，波兰十一月起义前夕，肖邦离开了华沙。登程前几天他为一首题为《战士》的歌词谱曲，那歌词是："我的战马在嘶叫，大地在震荡。时刻已经来到——让我向父亲、母亲、姐妹们告别。""前进，前进，消灭敌人！我们要打一场剧烈的好仗！"肖邦离开祖国流血的战场，在异国不流血的战斗中，他确实打了一场好仗。

离别前，人们在为他送行的晚会上唱着："你的心将留在我们中间。"他走了，捧着一银杯波兰的泥土，留下了他的心。从此，他那空虚的腔子里，永远怀着"对不可挽回的损失的无法慰藉的悲哀"。

在维也纳生活的八个月中，肖邦第一次体会到做一个波兰人的意义。多少年来，深重的灾难打在这民族头上，而且还会继续打下来。甚至有人在他耳边说："上帝创造了波兰人，实在是个错误。"他越是愤怒，越是憎恨，也就越依恋热爱自己的家园，恨不得投身在祖国的大地上，拥抱那芳香的泥土！他在信中写道："我不能随我的心愿做什么，在沙龙里我装出平静的样子，回到寓所，我便在钢琴上做雷鸣。"传记家们分析，肖邦的革命精神，是在维也纳沮丧的日子里获得的。

肖邦在往巴黎途中，在斯图加特逆旅中得到沙皇军队占领华沙的消息。这噩耗引起他胸中万丈波涛，他惦记亲人，更为民族的命运焦灼不安。极度的沉痛、悲愤浸透了他，深刻的感情化作了《C小调练习曲》（即《革命练习曲》）和《D小调前奏曲》。后者的创作日期虽有争论，它确是肖邦最为奔放悲愤的作品中的一首，提示了作曲家这时在情感上经受的巨大的波动。华沙陷落不久写的《A小调前奏曲》表现了奇特的惨淡和灰暗，好像有一支愤懑的歌压在胸中唱不出来，使得听众都想抠出这支歌来。

波兰的民族诗人密茨凯维支在《葬礼》剧中写道：

回答！—— 否则你将引起雷鸣般的愤怒！
即使我不能将你的邦国粉碎，
我也将震撼你所有的领土，
我能向一切生物发出高呼，

传遍海角，传遍天涯，
传到千秋，传到万代，
我们的呼声会始终洪亮，
你，不是人类之父，
原来是，
魔鬼的声音：
沙皇。

肖邦的全部感情几乎都是在钢琴上表达的。但有这样唯一一次，他在白纸上做雷鸣，写了和密茨凯维支一样强大有力的语言。他写道："啊，上帝，你还在吗？你活着却不去报仇雪恨！俄国人的罪行，你认为还不够吗？或者你自己也是一个俄国人？！"

肖邦于一八三一年定居巴黎。他的出色的才华、文雅的仪表使他在巴黎上层社会中站住了脚。他在信中说："我已进入了上层社会，坐在大使、侯爵、部长之间，此事对我非常重要，因为据说高尚的趣味是从这里出发的。如果有人在英国或奥地利使馆听到过你，你马上就有更大的才能，如果沃蒙侯爵夫人夸奖了你，你马上就奏得更好。我在'夸奖'两字后加上一个'了'字，是因为那位夫人已在一个星期前去世……"肖邦说"此事对我非常重要"，是因为他需要教学生，每小时二十个金法郎，来维持他不得不如此讲究的生活。"从表面看，我是愉快的。尤其是在我们的交际场中（我称波兰人是我们的）。可是内心却有什么东西在折磨我——清楚的回忆使我苦恼，紧跟着的是死的要求。""我心中载着炸药，可是谁也不觉察这个负担。"可以想象，向往、若有所失的情绪，自肖邦远离祖国后，一直盘踞他的心，也可以想象，那谁也觉察不到的负担，便是孤独。

于是他考虑到结婚。他认为自己只能和波兰女子结婚，因为他很难设想不用祖国的语言和最亲密的人交谈。他爱上了波兰的一位伯爵小姐玛丽亚·沃德津斯基。这是肖邦唯一的怀着结婚愿望的爱情。但是在伯爵的门第观念下，这美好的梦很快幻灭了。玛丽亚给他留下一束信札，肖邦用颤抖的手在上面写着："我的痛苦"；她还画下了肖邦像。虽然那时她很年轻，却画出了他的温文尔雅和内心的沸腾。他那双仿佛在响着音乐的眸子，使得百余年后的读画人忍不住深深地叹息。

肖邦经历了深沉的痛苦，也获得了对世界的新的认识。他只有向艺术中去探求真理。他理解到广泛自由地接受一切优秀音乐文化成就的重要，他越来越喜欢巴黎。巴黎的开阔的视野、活泼的思想滋养了他，他的创作逐渐走向顶峰。

钢琴在他的手指下散发着充满诗情的音响，一首首夜曲、叙事曲、谐谑曲等等飘了出来，飞向世界，流传千古。他的二十四首前奏曲（OP.28）组合的艺术品，按照调性顺序在五度循环中组成。每一个曲子如一粒精美绝伦的珍珠，合在一起镶嵌为无价的钏环。有人用联想到的音响给各首加上名称，如第十五首名为"雨滴"。专家们说这些作品表现出"纯粹音乐构思逻辑的扩展，而不是自觉追求的音响描绘"，想来是有道理的。因为这些乐曲引起人感情的波澜，而不只是自然音响的联想。

《降 B 小调奏鸣曲》（OP.35）是一首震撼到人的灵魂深处的作品。有谁能倾听这一支乐曲而不流下泪来，他就是铁石心肠！它是这样富于悲剧性，这样充满了无比的痛苦和疯狂的愤怒，每一下琴键都敲击在人心上。这首作品包括了葬礼进行曲。在厌世、死亡的沉重敲击后是终曲。

波兰的肖邦研究家伊瓦茨凯维支说:"不论在音乐上还是哲学上,这都是不可解的谜语。这种低吟、咏唱或辽远的雷鸣,这种音乐性的'终曲',嘲弄古典派音乐和感伤的浪漫派音乐的一切规矩。它破坏了音乐规矩的比例,并且冲破了音乐的疆界。它就像是戈雅的一幅地狱的镂蚀版画,像是越过善与恶、美与丑的彼岸西班牙大师的一幅'纵笔画',这段终曲属于浪漫主义的'浮士德式'文化的极端伟大的创造。"在这样激越强烈的感情下,音乐比例算得了什么呢?重要的是,千古之下的人都感受到肖邦所感受到的,得到了肖邦所给予的。

肖邦的练习曲完全超出练习的作用,成为艺术品。除《革命练习曲》外,还有几首最为人称道。《E大调练习曲》(OP.10之三)缓慢深沉,充满对祖国的爱。《B小调练习曲》(OP.25之十)有些部分两手都是八度,速度很快,充分表现了内心的烦闷紧张。《A小调练习曲》(OP.25之十一)如排山倒海一般,倾泻了悲愤的心情。他的波罗乃兹舞曲极富于民族色彩和民族感情。《军队波罗乃兹》(OP.40之一)表现了波兰过去的光荣和骄傲,充满了波兰人的英雄气概,《C小调波罗乃兹》(OP.40之二)则充满对沦亡祖国的沉痛哀悼。他的《降A大调波罗乃兹》（OP.53）演奏最为广泛。其中豪迈的气氛，刚毅的精神，向前进取的信心，混杂着马蹄声、军号声，使人不觉拍案而起！

至于他的玛祖卡舞曲，与波兰的民族艺术最是血肉相连，有着最浓郁的诗意。在肖邦的讣闻里，有一段关于他的玛祖卡的话：

他会十分熟练地解决一切最困难的艺术问题，因为他有一种天分，能把野花摘下来，而不让花儿上一小滴露珠抖落。他善于把它们改造成艺术理想的星星、流星，甚至是彗星，把欧洲照亮。

他把洒遍波兰田野的泪珠收起来，用这些材料造成了一颗富于和谐美的晶莹宝石，镶在人类的皇冠上。

这是一个艺术家能达到的伟大的极峰，而弗列德里克·肖邦做到了这点。

一八四八年二月十六日，肖邦在巴黎举行最后一次音乐会，弹奏的最后一个乐曲是《船歌》。他当时身体已很衰弱。据说，他是让人抬进休息室，然后登台的。演出对于他仍是"非常重要"，他需要钱，治病、养病。诗情消尽了，躯壳也快站不起来了。但他在重病时，还曾坚持到车站上去送一个回波兰起义地区的朋友。相会是短暂的，朋友会带着他依恋的目光回到祖国，会带着他微弱的向往回到祖国。看不到祖国，看一看回祖国去战斗的朋友也是好的啊。而他自己，他自己是永远回不去了。

肖邦最后的作品是根据一位无名作者克拉辛斯基的歌词写的曲调。

> 从他们拖曳十字架重担的山上
> 他们远远望见令人赞美的土地
> 山下的同胞正向那边走去
> 他们自己却永远不能踏上这片土地
> 永远不能参加幸福的集会
> 而且甚至就将永远被人忘记……

他选的这首歌词提示了煎熬着他的痛苦。祖国啊，在哪里？我消失了，还有谁能记得我呢？孤独，永远的孤独。

"被人忘记"的乐声在重复地颤抖……

然而,你的琴声永远响彻人寰,冲破了国界,越过了时代。全世界人民都会永远记得你:Fryderyk Franciszek Chopin——弗列德里克·弗兰西斯克·肖邦。

书当快意

"书当快意"后面本来还有三个字"读易尽",说的是人生中的憾事。读书正读得高兴,却已经完了,令人若有所失。其实细想起来,书已尽也算不得什么,可重读再读、反复读。一本书,该经得起反复读,才算得好书。这篇小文,除介绍我曾读得快意之书外,还想介绍两位老古董人物所嘉许的老古董书。这些书可能读起来并不顺利。

王国维在《静安文集续编·文学小言》中说:"三代以下之诗人,无过于屈子、渊明、子美、子瞻者。此四子,苟无文学之天才,其人格亦自足千古。故无高尚伟大之人格,而有高尚伟大之文学者,殆未之有也。"他提出必须"感自己之所感,言自己之所言",才能产生伟大的文学。

又说:"宋以后之能感自己之感,言自己之言者,其唯东坡乎!山谷可谓能言其言矣,未可谓能感所感也。"可见能言其言比能感所感要容易。言其言需要艺术的功力,感所感则需要人格的力量。在无法享有完整的人格时,是无法感自己所感的。

屈子的诗篇自以《离骚》为最,我却偏爱《九歌》。"若有人兮山之阿,被薜荔兮带女萝,既含睇兮又宜笑,子慕予兮善窈窕。"那神态多美;"嫋嫋兮秋风,洞庭波兮木叶下。"那景色多美;"带长剑兮挟秦弓,首身离兮心不惩","身既死兮魂以灵,魂魄毅兮为鬼雄!"那精神多么伟大,千载下仍然感人至深。总观我们的文学发展,实觉得对浪漫主义继承得太少了。

陶渊明和杜甫声名之高,影响之大,世所共知。我说不出什么新鲜话。手边有中华书局的《陶渊明集》(逯钦立校注),人民文学出版社的《杜甫诗选注》(萧涤非选注),都是普及本,对把诗读懂很有帮助。

我从少年时便喜东坡文字,多次宣称愿为苏门弟子,假如考得上的话。今见静安居士"宋以下能感自己之所感,言自己之所言者其唯东坡乎"之语,才知道这位老人也是东坡知己。而且现在似乎谈论苏学的人日见其多。东坡的一个特点是有仙气,他不同于"仙人摩我顶""餐霞漱瑶泉"的李白。他经受的苦难更深,和老百姓也更贴近,他的仙气从地下升起,贯穿于至情至性之中,贯穿于绝代才华创造的艺术意境之中。我总觉得这些文学作品有点像莫扎特的音乐作品。四川巴蜀书社出版了《苏轼全集》。若能有一个诗、词、文俱备的选本最好。

此四子外我想加一位,李义山。义山诗是另外一格。如果说他算是唯美主义,我举双手拥护唯美主义!

现在提到高尚、伟大、美等等字眼,好像有点不大时髦。不过我还是想说,在我们当今无比浮躁、无比实际的世界,最好读一读诗。莎士比亚通过他的一个人物说:"最真的诗是最假的谎言。"诗是谎言,不错。可就凭这美丽的谎言,我们干枯的心灵,或可润泽一些。在没有能力把现实化为艺术美的时候,过于赤裸的描写,实在让人受不了。

叔本华在《论文学形式》一文中说,世间最好的四部小说是《唐·吉诃德》《项迪传》《新爱洛绮丝》和《维廉·迈斯特》。他的标准是愈能深入内心愈好,反之愈差。

《唐·吉诃德》是全世界的明星,不必说了。《项迪传》全名为《特利斯川的生平和见解》,英国劳伦斯·斯泰恩

（1713—1768）所作。各文学史都说它的叙述时间颠倒、头绪纷出，以情感的变化为准，而不按照事态发展的逻辑。有时突然中断，留下空白让读者补充。斯泰恩认为文学的任务是描写人的内心世界，与叔本华正相合，数年前我曾借得第一卷（全书共四卷），至今没有读完。

《新爱洛绮丝》的作者是卢梭，全书以书信体写成，有很多感情的倾诉。据说写景亦是一绝。勃兰兑斯在《十九世纪文学主潮》中有一节专讲此书，说它有三点重要意义：打击了当时的风流时尚；以男女主人公的不平等地位代替门当户对；以道德信念确认婚姻神圣。遗憾的是，我没有看过这书，还不知什么时候有机会看。

《维廉·迈斯特》是歌德最重要的散文作品。写一个少年的成长。这类小说在德国文学史上称为修养小说或发展小说，也称教育小说，歌德曾对爱克曼说，这书的主要意义很难说，如果一定要找一个，可用书末一个人物对主角说的话："觉得你像基士的儿子扫罗，他出去寻找他父亲的驴，而得到一个王国。""后来常有人从这比喻引申出一句话，'维廉寻找戏剧艺术，而得到人生艺术'。"（引自冯至译序）。

也许有人会问，这些书有的你没有看完，有的你根本没有看过，凭什么写在这里？我想荐书不过是一种提示，可以荐自己之所见，也可以转转手荐他人之所见。也许哪一天，会从叔本华的见解中得到点什么。

希望每个人在出去找驴时，都得到一个王国。

我自己近几年读得最有兴趣的书，是冯友兰著哲学三史。三史者：《中国哲学史》（两卷本）《中国哲学简史》《中国哲学史新编》（七卷本）是也。

《中国哲学史》出版于三十年代，是我国第一部完整的用现代方法写作的哲学史。绪论中讲到，西方哲学史著述多用叙述，中国过去的哲学史多用选录。这部书则用叙述和选录相结合的方式。其叙述，经过潜心研究仔细梳理，把庞杂的历史讲得条理分明。譬如："合同异""离坚白"这六个字，原来哲学史上并没有，是作者钻研总结出来，让人一看就头脑清醒。其选录，于讲解时配合节选原著主要篇章，使读者能看到本来面目。有人以引文多为此书病，孰知这正是作者有意为之，一书在手，整个中国哲学思想的来龙去脉全在目前。

《中国哲学简史》原用英文写作，于一九四八年在美国出版，一九八五年华中理工大学教育研究所涂又光教授译为中文。我曾将中、英文对照通读，译文准确流畅。这是一本有趣味、省时间的书。全书不过二十万言，却能不只勾画出中国哲学发展的轮廓，还使读者品味到中国哲学的真髓，可谓出神入化。我常想这本书像是太上老君炼出来的仙丹，经过熔炼，把浩繁的史册浓缩得可以一口吞！我们怎能不感谢作者呢。北大哲学系博士生导师陈来教授曾说："冯先生用这样一个不大的篇幅，把几千年中国哲学的历史内容，深入浅出，讲得非常透彻、非常精彩。这样的著作，我在世界上还没有见过第二本。"想来我的欣赏不能算是外行。

《中国哲学史新编》约一百五十万字，写作用时十二年。七卷各卷的内容是：先秦诸子、两汉经学、魏晋玄学、隋唐佛学、宋明道学、近代变法、现代革命。不只较两卷本详尽，且时有新意。实在是一部大文化史。作者在第四册自序中说，因为抓住了主题，对玄学和佛学的分析比以前加深了。第六册中提出大胆的看法：太平天国向西方学习的不是长处，而是中世纪的神权政治。推而论之，对曾国藩的评价也一反时贤，认为他阻止了中国的倒退。作者曾说写此书愈到后来愈感自由。可谓"感自己之所感，言自己之所言"了。第七册中更有许多新论，惜乎此卷迄今尚未在内地出版。

记得似乎是列宁说过，读书要有计划，不然不如不读。这和我们"开卷有益"的想法大不相同。我想两者可以相互补充，也不必做太功利的打算，只要"书当快意"，便是了。

读书断想

每当独坐时,常有一种幸运之感,因为我有眼睛可以读书,有耳朵可以听音乐。人类创造了这么多好东西,让人来不及地去亲近,而无暇寂寞。

书是我最好的朋友,一本本书打开一个又一个世界。符合古训择友条件之一"友多闻"。比较来说,书又不需特别设备和繁杂操作,一卷在手,便可领略,对于有些愚懒的人很合适。

有的书可以反复读,直至几个世纪;有的书一页未终,便可弃置。这两种书像两条永不相交的平行线,永远不会彼此了解。有一位哲人说,前者是真实的书,是有灵魂的,活生生的;后者是表面的书,迷雾一片,唬人而已。真实的书读多么多我也不嫌多。表面的书读多么少也不嫌少。

要读书，而且要读好书。

也是这位哲人说过，不读书是很不合算的事。因为书里集中了作者的经验和智慧——这当然是指那些真实的好书。一本好书的作者本人，有时并不一定讨人喜欢，而他的追求，心血，他的好的方面却都倾注在书里了。他的书是他的精华。读书，是取其精华，又何乐而不为呢。

一个人的存在，大体上可有两方面：一是这个人是什么，就是说，他是怎样的人，有怎样的人格，包括品德、学识、性情等。一是他有什么，包括地位财产等。社会愈向前发展，一个人是什么和有什么愈应一致。读书可以改变一个人的精神面貌和内在气质，可以改变他本人，而增加人格的力量。

"书中自有黄金屋，书中自有颜如玉"的时代已经过去了。但是读好书永远可以帮助你提高自己，发展自己。读到的知识属于你，获得的精神力量属于你。好书永远不会欺骗，永远是你可靠的朋友。

要读书，要读好书。

恨书

写下这个题目,自己觉得有几分吓人。书之可宝可爱,尽人皆知,何以会惹得我恨?有时甚至是恨恨不已,恨声不绝,恨不得把它们都扔出去,剩下一间空荡荡的屋子。

显而易见,最先的问题是地盘问题。老父今年九十岁了,少说也积了七十年书。虽然屡经各种洗礼,所藏还是可观。原先集中摆放,一排一排,很有个小图书馆的模样。后来人口扩张,下一代不愿住不见阳光的小黑屋,见"图书馆"阳光明媚,便对书有些怀恨。"书都把人挤得没地方了。"这意见母亲在世时便有。听说有位老学者一直让书住正房,我这一代人可没有那修养了,以为人为万物之灵,书也是人写的,人比书更应该得到阳光空气,得到推窗得见的好景致。

后来便把书化整为零，分在各个房间。于是我的斗室也摊上几架旧书，列子、抱朴子、亢仓子、淮南子、燕丹子……它们遥远又遥远，神秘又无用。还有皇清经解，想起来便觉得腐气冲天。而我的文稿札记只好塞在这些书缝中，可怜地露出一点纸边，几乎要遗失在悠久的历史的茫然里。

其次惹得人恨的是书柜。它们的年龄都已有半个世纪，有的古色古香，上面的大篆字至今没有确解。这我倒并无恶感。糟糕的是许多书柜没有拉手，当初可能没有这种"设备"（照说也不至于），以致很难开关，关时要对准榫头，关上后便再也开不开，每次都得起用改锥（那也得找半天）。可是有的柜门却太松，低头屈身，找下面柜中书时，上面的柜门会忽然掉下，啪的一声砸在头上，真把人打得发昏！岂非关系人命的大事！怎不令人怀恨！有时晚饭后全家围坐笑语融融之际，或夜深梦酣之时，忽然一声巨响，使人心惊胆战，以为是地震或某种爆炸，惊走或披衣起来查看，原来是柜门掉了下来！

其实这些都不是解决不了的问题，只因我理家包括理书无方，才因循至此。可是因为书，我常觉惶惶然。这种惶惶然的感觉细想时可分为二。一是常感负疚，一是常觉遗憾。确是无法解决的。

邓拓同志有句云"闭户遍读家藏书",谓是人生一乐。在家藏旧书中遇见一本想读的书,真令人又惊又喜。但看来我今生是不能有遍读之乐了。不要说读,连理也做不到。一因没有时间,忙里偷闲时也有比书更重要的人和事需要照管料理。二是没有精力,有时需要放下最重要的事坐着喘气儿。三是因为过敏疾病,不能接触久置积尘的书。于是大家推选外子为图书馆馆长。这些年我们在这座房子里搬来搬去,可怜他负书行的路约也在百里以上了。在每次搬动之余,也处理一些没有保存价值的东西。一次我从外面回来,见我们的图书馆长正在门前处理旧书。我稍一拨弄,竟发现两本"丛书集成"中的花卉书。要知道丛书集成约四千本一套的啊!于是我在怒火上升又下降之后,觉得他也太辛苦,哪能一本本都仔细看过。又怀疑是否扔去了珍贵的书,又责怪自己无能,没有担负起应尽的责任,如此怨天尤人,到后来觉得罪魁祸首都是书!

书还使我常觉遗憾。在我们磕头碰脑满眼旧书的居所中,常常发现有想读的或特别珍爱的书不见了。我曾遇一本英文的《杨子》,翻了一两页,竟很有诗意。想看,搁在一边,也找不到了。又曾遇一本陆志韦关于唐诗的五篇英文演讲,想看,搁在一边,也找不到了。后来大图书馆中贴出这一书目,当然也不会特意去借。最令人痛惜的是四库全书中萧云从离骚全图的影印本,很大的本子,极讲究的锦面,醒目的大字,想细细把玩,可是又找不到了!也许只在此山中,云深不知处?据图书馆长说已遍寻无着——总以为若是我自己找,可能会出现。但是总未能找,书也未出现。

好遗憾啊!于是我想,还不如根本没有这些书,也不用负疚,也没有遗憾。

那该多么轻松。对无能如我者来说,这可能是上策。但我毕竟神经正常,不能真把书全请出门,只好仍时时恨恨,凑合着过日子。

是曰恨书。

卖书

几年前写过一篇短文《恨书》，恨了若干年，结果是卖掉。

这话说说容易，真到做出也颇费周折。

卖书的主要目的是扩大空间。因为侍奉老父，多年随居燕园，房子总算不小，但大部为书所占。四壁图书固然可爱，到了四壁容不下，横七竖八向房中伸出，书墙层叠，挡住去路，则不免闷气。而且新书源源不绝，往往信手一塞，混入历史之中，再难寻觅。有一天忽然悟出，要有搁新书的地方，先得处理旧书。

其实处理零散的旧书，早在不断进行。现在的目标，是成套的大书。以为若卖了，既可腾出地盘，又可贴补家用，何乐而不为。依外子仲的意见，要请出的首先是丛书集成，而我认为这部书包罗万象，很有用；且因他曾险些错卖了几本，受我责备，不免有衔恨的嫌疑，不能卖。又讨论了百衲本的二十四史，因为放那书柜之处正好放饭桌。但这书恰是父亲心爱之物，虽然他现在视力极弱，不能再读，却愿留着。我们笑说这书有大后台，更不能卖。仲屡次败北后，目光转向全唐文，全唐文有一千卷，占据了全家最大书柜的最上一层。若要取阅，须得搬椅子，上椅子，开柜门，翻动叠压着的卷册，好不费事。作为唯一读者的仲屡次呼吁卖掉它，说是北大图书馆对许多书实行开架，查阅方便多了。又不知交何运道，经过"文革"洗礼，这书无损污，无缺册，心中暗自盘算一定卖得好价钱，够贴补几个月。经过讨论协商，顺利取得一致意见。书店很快来人估看，出价一千元。

  这部书究竟价值几何，实在心中无数。可这也太少了！因向北京图书馆馆长请教。过几天馆长先生打电话来说，全唐文已有新版，这种线装书查阅不便，经过调查，价钱也就是这样了。

  书店来取书的这天，一千卷全唐文堆放在客厅地下等待捆扎，这时我才拿起一本翻阅，只见纸色洁白，字大悦目。随手翻到一篇讲音乐的文章:"烈与悲者角之声,欢与壮者鼓之声;烈与悲似火,欢与壮似勇。"作者李磎。心想这形容很好,只是久不见悲壮的艺术了。又想知道这书的由来,特地找出第一卷,读到嘉庆皇帝的序文:"天地大文日月山川万古昭著者也。人受天地之中以生,经世载道,立言牖民。观乎人文以化成天下。文之时义大矣哉!"又知嘉庆十二年,皇帝得内府旧藏唐文缮本一百六十册,认为体例未协,选择不精,命儒臣重加厘定,于十九年编成。古代开国皇帝大都从马上得天下,以后知道不能从马上治之,都要演习斯文,不敢轻渎知识的作用,似比某些现代人还多几分见识。我极厌烦近来流行的宫廷热,这时却对皇帝生出几分敬意,虽然他还说不出科学技术是生产力这样的话。

书店的人见我把玩不舍,安慰道,这价钱也就差不多。以前官宦人家讲究排场,都得有几部老书装门面,价钱自然上去。现在不讲这门面了,过几年说不定只能当废纸卖了。

为了避免一部大书变为废纸,遂请他们立刻拿走。还附带消灭了两套最惹人厌的《皇清经解》。《皇清经解》

中夹有父亲当年写的纸签，倒是珍贵之物，我小心地把纸签依次序取下，放在一个信封内。可是一转眼，信封又不知放到何处去了。

虽然得了一大块地盘，许多旧英文书得以舒展了，心中仍觉不安，似乎卖书总不是读书人的本分事。及至读到《书太多了》（《读书》杂志1988年7月号）这篇文章，不觉精神大振。吕叔湘先生在文中介绍一篇英国散文《毁书》，那作者因书太多无法处理，用麻袋装了大批初版诗集，午夜沉之于泰晤士河。书既然可毁，卖又何妨！比起毁书，卖书要强多了。若是得半夜里鬼鬼祟祟跑到昆明湖去摆脱这些书，我们这些庸人怕只能老老实实缩在墙角，永世也不得出来了。

最近在一次会上得见吕先生，因说及受到的启发。吕先生笑说："那文章有点讽刺意味，不是说毁去的是初版诗集么！"

可不是！初版诗集的意思是说那些不必再版，经不起时间考验的无病呻吟，也许它们本不应得到出版的机会。对大家无用的书可毁，对一家无用的书可卖，自是天经地义。至于卖不出好价钱，也不是我管得了的。

如此想过，心安理得。整理了两天书，自觉辛苦，等疲劳去后，大概又要打新主意。那时可能真是迫于生计，不只为图地盘了。

乐书

多年以前,读过一首《四时读书乐》,现在只记得四句,"读书之乐乐何如?绿满窗前草不除","读书之乐乐无穷,瑶琴一曲来熏风"。这是春夏的情景,也是读书的乐境。"绿满窗前草不除"一句,是形容生意盎然的自由自在的情趣。"瑶琴一曲来熏风"一句,是形容炎炎夏日中书会给人一个清凉世界。这种乐境只有在读书时才会有。

作者写书总是把他这个人最有价值的一面放进书里,他在写书的时候,对自己已经进行了过滤。经常读书,接触的都是别人的精华。读书本身就是一件聪明的事,也是一件快乐的事。陶渊明说:"每有会意,便欣然忘食。"金圣叹读到《西厢记》"不瞅人待怎生"一句,感动得三日卧床不食不语。这都是读的至高境界。不只是书本身的力量，也需要读者的会心。

我不是一个做学问的读书人，读书缺少严谨的计划，常是兴之所至。虽然不够正规，也算和书打了几十年交道。我想，读书有一个分—合—分的过程。

分就是要把各种书区分开来，也就是要有一个选择的过程。现在书出得极多，有人形容，写书的比读书的还多，简直成了灾。我看见那些装帧精美的书，总想着又有几棵树冤枉地献身了。开卷有益可以说是一句完全过时的话。千万不要让那些假冒伪劣的"精神产品"侵蚀。即便是列入必读书目的，也要经过自己慎重选择。有些书评简直就是一种误导，名实不符者极多，名实相悖者也有。当然可读的书更多。总的说来，有的书可精读，有的书可泛读，有的书浏览一下即可。美国教授老温德告诉我，他常用一种"对角线读书法"，即从一页的左上角一眼看到右下角。这种读书法对现在的横排本也很适用。不同的读法可以有不同的收获，最重要的是读好书，读那些经过时间圈点的书。

书经过区分，选好了，读时就要合。古人说读书得间，就是要在字里行间得到弦外之音，象外之旨，得到言语传达不尽的意思。朱熹说读书要"涵泳玩索，久之自有所见"，涵泳在水中潜行，也就是说必须入水，与水相合，才能了解水，得到滋养润泽。王国维谈读书三境界，第三种境界是"蓦然回首，那人却在灯火阑珊处"，这种豁然贯通，便是一种会心。在那一刻间，读者必觉作者是他的代言人，想到他所不能想的，说了他所不会说不敢说的，三万六千毛孔也都张开来，好不畅快。

古时有人自外回家，有了很大变化，人们议论，说他不是遇见了奇人，就是遇见了奇书。书对人的影响是非常大的。不过要使书真的为自己所用，就要从合中跳出来，再有一次分，把书中的理和自己掌握的理参照而行。虽然自己的理不断受书中的理影响，却总能用自己的理去衡量、判断、实践。用现在的话说就是活学活用，用文一点的话，就叫作"六经注我"。读书到这般地步不只有乐，而且有成矣。

其实，这些都是废话，每个人有自己的读书法，平常读书不一定都想得那么多，随意翻阅也是一种快乐。我从小喜欢看书，所以得了一双高度近视眼。小时候家里人形容我一看书就要吃东西，一吃东西就要看书，可见不是个正襟危坐的学者，最多沾染了些书呆气，或美其名曰书卷气。因为从小在书堆中长大，磕头碰脑都是书，有一阵子很为其困扰,曾写了《恨书》《卖书》等文,颇引关注。后来把这些朋友都安排到妥当或不甚妥当的去处,却又觉得很为想念,眼皮子底下少了这一箱那一柜或索性乱堆着的书,确实失去了很多。原来走到房屋的每一个角落,都可以接触到各种宏论,感受到各种情感,这里那里还不时会冒出一个个小故事。虽然足不出户,书把我的生活从时空上都拓展了。因为思念,曾想写一篇《忆书》,也只是想想而已。近几年来眼疾发展,几乎不能视物,和书也久违了。幸好科学发达,经治疗后,忽然又看见了世界,也看见经过整顿后书柜里的书。我拿起几部特别喜爱的线装书抚摸着,一部《东坡乐府》,一部《李义山诗集》,一部《世说新语》。还有一部《温飞卿诗集》,字特别大,我随手翻到"捣麝成尘香不灭,拗莲作寸丝难绝",不觉一惊,现在哪里还有这样的真诚和执着呢。

寒暑交替,我们的忙总无变化,忙着做各种有意义和无意义的事。我和老伴现在最大的快乐就是每晚在一起读书,其实是他念给我听。朋友们称赞他的声音厚实有力,我通过这声音得到书的内容,更觉得丰富。书房中有一副对联:"把酒时看剑,焚香夜读书。"我们也焚香,不过不是龙涎香、鸡舌香,而是最普通的蚊香,以免蚊虫骚扰。

古人焚香或也有这个用处?

  四时读书乐,另两时记不得了。乃另诌了两句,曰:"读书之乐何处寻?秋水文章不染尘。""读书之乐乐融融,冰雪聪明一卷中。"聊充结尾。

耳读《朱自清日记》

前两年写过一篇文章《乐书》，即读书之乐。其实我现在是读不了书的，只能听书，是曰耳读。耳读感受不到字形的美，偶然用放大镜看到几句文章真觉舒畅极了，只是这机会越来越少。因为同音字多。听力也不是很好，便要常常追问到底是什么字，费时费力，也只能大体知道个意思。但我幸亏还有这点听的本事，能有耳读之乐。

那大概已是前年的事了，仲为我读《朱自清日记》，从头到尾。日记从一九二四年七月二十八日开始，到一九四八年八月二日为止。记叙简略，一般是记下了书信、人际往来，自己做了什么事，读了什么书，间或也有感想。文字极平淡，读后掩卷之余，我们似乎觉得朱先生就在面前。

这是一本真正的日记——照日记本来的意思,都是为自己看的,不必给别人看。现在有些日记,在写时尤其在整理时都是想到有个读者在,若以为日记所记都是真实的,就未免太老实了(我本想说那就是大傻瓜)。《朱自清日记》是真正的日记。朱先生怕别人看,有一部分用英文和日文杂写,他绝没有想要通过日记来炫耀什么,或掩饰什么。而我们就从这些文字中看到了一个真正的人,和一段真正的历史。

我曾有过这样的问题:朱先生这样怕别人看他的日记,事先还做了防备,现在出版他的日记是否违反本人的意愿。但我又想,能够提供一段珍贵的史料,朱先生可能是会同意的。

我们在日记中看到的是一个平凡的普通人。他常常借钱借米,他自谦得有时甚至有些自卑,总觉得自己的学术地位不如人。但是他勤奋、宽容,常常为别人着想。最使我感动的是闻一多先生殉难后,朱先生在成都讲演募捐,做了很多工作。那是需要勇气的,有些人避之唯恐不及。他本不是一个热心斗争的人,但是出于最普通的同情心,他要做他所能做的事情。一直在他胃病很严重的时候,他仍勉力编撰《闻一多全集》。闻朱之交可能不像有些人以为的那样深，但是却达到了一种高致。我并不否认朱先生的觉悟、认识、热情，但总以为他的本性不是英雄人物。正是他作为一个平常人的朴素的感情，使得他的人格发出光辉。这种光辉也许不是很强烈，却能沁透人心。

日记多次记述了和冯友兰先生的交往，一九三三年二月十一日记载："晚赴王了一宴……多一时俊彦。芝生述张荫麟所举柏拉图派主仆故事，谓共相不足恃，渠亦将举学童解'吾日三省吾身'之'吾'字故事以证共相之作用。又述辜鸿铭论'改良'及'法律'二词及陈独秀与梁漱溟照相事。又绍虞误认杨今甫为白崇禧事。皆隽永可喜。归金宅，转述芝生笑谈，殊无反应。殆环境既异，才能亦差也。"又一则日记，一九三五年二月二十八日，"对霍士休进行考试的口试委员会今天下午开会。进展颇顺利。冯友兰先生指出唐代以后大量传奇故事的渊源。唐代的传奇故事是霍的研究题目，而这正是他论文中的大弱点，但我们却没有发现。"

日记还记下了在某家遇好饭食，一口气吃了七个馒头。也曾告诫别人冯家的炸酱面虽好，切不可多吃，不然胀得难受。读来觉得朱先生真可爱。他的胃病持续了很多年。

抗战中没有好的医疗条件，复员以后，似乎也没有认真地医治，也没有认真地休息。从最后几天日记中可以看到，他仍在读书写作，料理公事。日记忽然中断了。他再也不能写了。十天以后，他离去了。记得他去世前数日，父母到医院看望，也带着我。我站在母亲身后，朱先生低声问了一句："你还写诗么？"我嗫嚅着，不敢大声说话。他躺在那里，比平时更加瘦小，脸色几乎透明。那时我对死亡没有什么概念，只觉得父母亲的脸色都很严肃。五十余年过去了，我还记得那个院子和病榻上朱先生几乎透明的脸色。

一九四八年我到清华上学，那时常写一点小诗，都是偶感之类，不合潮流。一次曾随几个同学到朱先生家，同学们拿出自己的诗作请朱先生看，我也拿出一首凑热闹。朱先生认真看了，还说了几句话，可惜不记得说的什么了。

我上中学时，课本里有朱先生的文章，几十年以后的中学课本里还是有朱先生的文章。大家都记得《背影》《匆匆》，而且都会背，"燕子去了，有再来的时候；杨柳枯了，有再青的时候；桃花谢了，有再开的时候。但是，聪明的，你告诉我，我们的日子为什么一去不复返呢？"真的，我们的日子为什么一去不复返呢。这是我和我的同龄人常常发出的慨叹。一天，一位老友打电话，说他极想再读一读《匆匆》这篇文章，想着我这里总会有的，能否查一查。那时我查书比较方便，只需要和我的图书馆长说一声。文章找到了，我先在电话里念给老友听，念完了，我们都沉默了半晌。

时光如河水般地流去了，在荷塘月色中漫步的朱先生已化成一座塑像伫立在荷塘月色之中。老实说，现在经过修整的这座荷塘远不如旧时，那时颇有些荒凉的荷塘要自然得多，美得多。不过，朱先生的文字中凝聚着的美，那是朱先生的精魂，是不会改变的。

这部日记是朱先生之子乔森在化疗期间骑自行车送来的。读完全书，他已又住进医院。我说我要写一点感想，真写下来时，乔森已然作古。这一道门槛，是每个人都要跨越的。

朱先生并不需要我来为他添加什么，现在也不是某种纪念日，只是读过他的书和日记，我在心底升起一种情感，便写出来。

时间继续流逝，"去的尽管去了，来的尽管来着；去来的中间，又怎样地匆匆呢？"在这去来之间，在时间的匆匆里，有了多少变化，不能预防，不可改变。人，只有忍受。

聪明的，你告诉我，日子为什么一去不复返呢？

耳读《苏东坡传》

平生最爱东坡文字。十来岁时,在昆明乡下,初读前后赤壁赋,那是父亲要求我们背的。文中情景"白露横江,水光接天。纵一苇之所如,凌万顷之茫然",使人如置身其中;议论虽不太懂,却也易读易背,好文章总是容易记得。后来又迷上了东坡诗词,也深慕东坡为人。一首《江城子》"十年生死两茫茫,不思量,自难忘"。我玩味了几十年,到现在才真的体会了那分量。苏东坡除留给我们宝贵的文学遗产外,还留下了造福百姓的各种工程,我觉得他真是了不起。其实我的了解很不全面,今年初始,读了林语堂著《苏东坡传》,才了解到他伟大人格的精髓。

写古人的传记,很难。我们没有见过传主,不认识他,只能凭借文字材料,这就要用得准确。最怕的是,望文生义，断章取义，连编带造，幻想丰富，写出来的是传记作者想象的人物，和传主相距何止十万八千里。这本《苏东坡传》也是凭材料写的，但它把握了材料的真意（好在那时还不需要现在这样深奥的"辨伪学"），一幅幅历史画面都是真实可信的。一部好的传记需要驾驭材料的本领，从中也可以看出作者的见识，甚至显示出他自己的人格。

林语堂的名字也是大家熟悉的。惭愧得很，我以前以为，他只是写点中国文化给西方人看，小说也不见得是上乘。可是这本《苏东坡传》，给了我们一个真实的苏东坡。不只是他坎坷的遭遇，也写出了他的精神，他的性格。没有对中国文化的深刻理解，是写不出的。读完这本书，我对书的作者深生敬意。

苏东坡关心人，关心民间疾苦，这是他一生的底色。书中举出他的三件事情，说它们是人道主义的表现。他被贬谪黄州时，对当地百姓因贫穷而杀死婴儿的情况深为惊骇，写信给太守，呼吁制止杀婴。他在信中叙述了杀婴的情况，并作出建议："公更使令佐各以至意，诱谕地主豪户。若实贫甚不能举子者，薄有以绸之。人非木石，亦必乐从。但得出生数日不杀，后虽劝之使杀，亦不肯也。自今以往，缘公而得活者，岂可胜记哉！"

元祐七年，南方连日大雨，洪水成灾，百姓无衣食，在雨中奔走。而因为青苗法的关系，他们还背负了很重的债务，债主是朝廷。东坡亲眼看到这种情景，夜不能寐，接连七次上表太皇太后，请求宽免贫民的债务。这七次表章可以看作一个文件。

他被贬海南，遇赦回到北方时，知道章惇获罪流放，他给章惇之子的复信如下：

"某与丞相定交四十余年，虽中间出处稍异，交情固无所增损也。闻其高年寄迹海隅，此怀可知。但已往者更说何益？惟论其未然者而已。主上至仁至信，草木豚鱼所知。建中靖国之意可恃以安。所云穆卜反复究绎，必是误听。纷纷见及已多矣，得安此行为幸。见今病状，死生未可必。自半月来食米不半合，见食却饱。今且连归毗陵，聊自憩我里。庶几少休，不即死。书至此，困惫放笔，太息而已。（一一○一年）六月十四日。"要知道章惇迫害元祐党人最厉害，把苏东坡一直放逐到海角天涯的琼州。旅途中，多次刁难，不准坐船，经过恳请才能坐一段，还要限定时间。到达目的地，又不准住官舍，东坡不得不结茅而居。连最初允许东坡暂住官舍的太守也被革职。现在，章惇获罪，也被放逐。东坡对他的态度是何等的宽容，充满了同情关心。"闻其高年寄迹海隅,此怀可知。——得安此行为幸",关切之情,跃然纸上。

林公说这三个文件,是人道精神的三个文献。东坡的人道精神还有多方面表现。诸如修水利,建医院,舍药方,赈灾等。几乎贯穿了他为官和被贬的全部生活。

书中还着重指出了东坡的民主精神。在他给门人张耒的一封信里,他说:"文字之衰,未有如今日者也,其源实出于王氏,王氏之文,未必不善也,而患在好使人同己。自孔子不能使人同颜渊之仁,子路之勇,不能以相移。而王氏欲以其学同天下。地之美者同于生物,不同于所生。惟荒瘠斥卤之地,弥望皆黄草白苇。此则王氏之同也。"又在给太皇太后的上书中说:"人虽能言,上下隔绝,不能自诉,无异于马。"他主张每个人都应该能表达自己的意见,如果说出来,有关方面听不到,人不如马。如果根本没有说话的权利,岂非更不如马。他和司马光的意见不同,但都不要求别人"从己"。自由发表意见,不算民主,必须要能自己自由发表意见,又能尊重别人发表意见的权利,才是民主。有一位年轻人问我:"西南联大的时期,三校合作无间。那些人都是学富五车,才高八斗的人物,怎么能彼此合作?"我高中毕业那年,正值复员,西南联大解散，我只是联大附中的学生。但因父兄辈在世者渐少，便也常被问及当时情况。我想，先生们大多对中西方文化都有了解，有很高的素养，知道民主的真谛在不只发展自己，也要尊重别人。也就是现在常说的不仅要做到少数服从多数，还要做到多数承认少数的存在。如果多数要消灭少数，就算不得民主。这种精神千年前的东坡已经具有，是何等的可钦可敬。

东坡的乐观态度给后人精神的净化和鼓舞，在这本书中也得到很好的表现。无论是在黄州的穷乡僻壤或是在惠州瘴疠之地，甚至在大海的那一边的琼州，居无屋，食无米，却还兴致勃勃地和人谈神说鬼。在惠州，曾建议修建公共水利；在琼州，自己造墨，几乎把房子烧了。

东坡在黄州住了四年，又被调来调去，被任命为登州（今蓬莱）太守，只做了五天，就应召进京。这样短的时间里，他还向朝廷建议更改盐税。可惜出自何处，现在我记不得，也无力查，此传未提此事。这在东坡的诸多功绩中，也许不足道，但这也是一件为百姓造福的事，所以当地居民一直怀念他，编出了九朵莲花的传说。说是八仙过海的时候，来了九朵莲花，其中一朵是为东坡准备的，可是他没有去。看来，大家都觉得东坡是应该飘飘然坐在莲花上的。

从书中记述看到,东坡有多位女性知己。他得到几位皇后的关注,尤其是英宗的皇后,也是神宗的皇太后,又是哲宗的太皇太后高氏,极欣赏东坡的才华。东坡的政绩大多得到她的支持。东坡的原配和继配,两位王夫人都很贤德,侍妾朝云,虽然没有得到夫人的名分,在东坡生活中却有极重要的地位。以前以为她是杭州名妓。此传中说,她是苏夫人在杭州买的小丫鬟,进府时只有十二岁。曾见东坡一篇文字,说朝云入府时并不识字,大概是丫鬟较确切。不管她的出身如何,朝云极美且有慧根,是无疑的。秦观说朝云"美如春园,目似晨曦"。《红楼梦》第二回,贾雨村论到异气凝聚,从而产生一些不平凡的人物,也提到朝云,把她和薛涛、崔莺、卓文君并论。朝云随侍东坡,远涉蛮荒,身染疟疾而亡,惠州现有朝云墓,上有一亭,名为六如亭。我曾想为朝云写一小说,题目就叫作《六如亭》,也曾想写一篇《五日太守》,讲登州事。像我的许多胡思乱想一样,只在脑中驰骋,永远不得出世。

林公写到东坡停止呼吸,便停了笔,没有写他葬在何处。我偶然得知,东坡和子由葬在河南郏县,今属平顶山市。不知什么缘分,他们长眠在那里。我很想去瞻仰,不过看来是无望了。现在只能在室中行走，以几步路当作万里之行。

环顾陋室，斑驳如抽象画的北墙，悬有东坡手书（拓片）"海山葱昽气佳哉"那首诗，尚称平展的南墙挂着高尔泰兄书写的《卜算子》："缺月挂疏桐，漏断人初静"——词是我点的。案上摊着《黄州寒食帖》："自我来黄州，已过三寒食。——空庖煮寒菜，破灶烧湿苇。——君门深九重，坟墓在万里。也拟哭途穷，死灰吹不起。"手里再拿着这样好的《苏东坡传》，我还有什么不知足呢。

本书原著是英文，林公的英文当然是十分漂亮的，可惜我不能读了，这是永远的遗憾。

感谢高鹗

　　初读《红楼梦》是在清华园乙所。应是在我九岁以前，因为九岁时抗战爆发，我们离开了清华园。以后在昆明，在那木香花的芬芳中又多次阅读，但都是断断续续。大概是在上大学时，读了增评补图《红楼梦》，有大某山民和护花主人等评点，那是最初的完整的阅读。五十年代，读到人民文学出版社出版的由何其芳作序的《红楼梦》，这是一次完整的阅读，似乎比较懂了，不过还是在"楼外"行走，不是"痴"也没有"魔"，我甚至没有读过脂批，也弄不清程甲本、程乙本及各种手抄本的复杂性。读小说还是要读小说本身，研究小说是另外一回事，叫作做学问。我对所有的研究者都怀有敬意，他们对《红楼梦》感情深厚，各有贡献。各种研究作为《红楼梦》的辅助读物也很有趣，它们互相启发参照，可以使读得的天地更广阔。我只是一个普通读者，有些读后感，便想说出来。

要说的主要是续书问题。近百年来，《红楼梦》后四十回一直是批判对象，说狗尾续貂是很客气的，甚至有人说它把一部伟大的作品毁坏了。全世界都在读这一百二十回《红楼梦》，亿万人为它哭坏了眼睛，高鹗却总在被批判，被否定，被讥讽嘲笑。这个现象很奇怪。续书究竟是好是坏，功过如何，值得探讨。

先说续书的功。首先在于它给了我们一个完整的故事。设想一部《红楼梦》到八十回就没有了，是何等光景？难道会有现在这样的影响么？我想是不会的。只因有了后四十回，《红楼梦》才成为一部伟大的小说；有了一百二十回，才有了《红楼梦》研究的大平台。我们说全部《红楼梦》的故事是完整的，因为它是忠实地沿着宝黛悲剧的线索发展开来的。《红楼梦》曲中"终身误""枉凝眉"两曲，已把钗黛和宝玉的关系交代得十分清楚。"一个是阆苑仙葩，一个是美玉无瑕。"宝黛是木石姻缘，终成虚话。"空对着，山中高士晶莹雪；终不忘，世外仙姝寂寞林。"宝玉娶了宝钗而不能忘情黛玉，所以宝钗是误了自己终身。木石姻缘与金玉姻缘相对。书中从开始写木石感情节节发展,从来就在金玉威胁之下。"梦兆绛云轩"一回写宝玉在梦中大喊不要金玉姻缘,只要木石姻缘时,宝钗就坐在床边。宝玉要回归木石本色,却逃不出金玉枷锁。续书给了宝钗坐在宝玉床边的地位,没有弄出四角、五角的多边关系,是十分忠实于雪芹的设计的。紧扣住这一根本设计从不偏离,是续书的最大成功处。应该说这就是雪芹要说的故事。

其次,续书给我们的不只是一个故事梗概,而是有高度艺术感染力的文字。宝玉说:"我有一个心早已交给林妹妹了,她来时带了来,好歹装在我的肚子里。"照园中大众看,这是痴话,痴话表现的正是海枯石烂的一种至情。王国维在《红楼梦评论》中引了一段文字,是九十六回宝玉与黛玉最后相见那一节,并评论说"如此之文,此书中随处有之。其动吾人之感情何如,凡稍有审美的嗜好者,无人不经验之也"。九十六回到九十八回,关于黛玉死的描写,都是十分动人的文字。"竹梢风动,月影移墙,好不凄凉冷淡。"这样的描写,我在七八岁时读到,现在已过了七十年,它还是那么新鲜。俞平伯老先生竟说描写黛玉死的一段文字"一味肉麻而已",林语堂则说俞老先生是"恶人之所好,好人之所恶"。照我看,俞老先生有这样一句话，也就很难让人相信他的俗、浊等等批评了。

黛玉死，二宝成婚，实为全书高潮。紫鹃试宝玉一段，宝玉的痴情已显露无遗，怎能让他接受他人？宝玉病到半昏迷状态，在这种状态中还是念念不忘黛玉，就只有移花接木一法了，这样的写法实在是不得已。不知作者怎样呕心沥血，才成就了这文学上的千古大悲剧。

宝玉的结局，也是让人永不能忘的。白雪中一个穿大红袈裟的僧人，似悲似喜并不言语，然后飘然作歌而去。我想这比做乞丐、采药、卖字都要来得干净。多有人批评宝玉出家前拜别父母是败笔，我却以为这是最近人情处。宝玉虽是封建礼教的逆子，却不是野人。他是大情种，这情不应限于男女之情，亲情也是重要的。拜别父母的描写是合理的，中举人也无不可，算是给父母的一个交代。他这交代是按照父母的标准，而不是按照他自己的标准。只是遗有一子不妥，"终身误"中已言"空对"，宝钗应该只是宝玉名分上的妻子，而且宝玉本是一块石头，何必有子。

书中次要人物的性格发展大都符合前文。最好的是对紫鹃的描写。她没有册子可循，写来不只符合人物性格，而且更突出了这个人物。紫鹃坚守在黛玉临终的病榻旁，不肯趋炎附势，令人于悲痛中感到一点安慰，很好地表现了紫鹃这样一个平凡丫头的可敬人格。儿时所读《红楼梦》版本，附有护花主人评，依稀记得有这样的评语：紫鹃于黛玉，在臣为羁旅，在子为螟蛉，而不渝其忠，其忠则更可贵。近来海选《红楼梦》演员，谈话间不免戏言谁该演谁。一位音乐学院研究生郑重地说，我要演就演紫鹃。写紫鹃所以写黛玉，黛玉若是一味地尖酸刻薄，耍小性儿，哪里会有这样的侍女。《水浒》中林冲娘子坚贞不屈，金圣叹批曰："写娘子所以写林冲。"娘子被逼死，益增林冲悲剧之惨烈深刻。

妙玉的命运完全照册子安排，甚至有些呆板。她的断语明书"可怜金玉质，终陷浊泥中"；《红楼梦》曲子"世难容"中又明说她是"到头来，依旧是风尘肮脏违心愿"。妙玉是书中最矫情的人物。续书照着雪芹指出的方向走，却没有写出这矫情人物的丰富性。

第三，续书也反映了当时的社会。如：庄头送东西来，路上车子被官府截去，经人说情才发还，和乌进孝送年货遥遥呼应。若是现代人来编写，肯定写不出这样的情节文字。这些是续书的成功之处。

我曾设想，后四十回也是雪芹所作。后四十回的才气功力等等不及前八十回，也许是因为那时雪芹的精神才气都已用尽。写东西后面不如前面是常见的，何况这样大的长篇。有人指出，林黛玉吃五香大头菜加些麻油醋，简直不像黛玉的生活。我想那时雪芹举家食粥，吃多了咸菜，也可能写进书里。作者的生活很可能影响书中的人物。可是很快我就推翻了这种想法，后四十回为他人所续是显然的。可指出的例证很多。最大的问题是有些人物的结局不符合原意，而那结局在判词中已交代明白。如探春的判词中已说明她如断线的风筝，"千里东风一梦遥"，不会再回故土，续书中却写了回家的一段，还说她出挑得更好了。对她的远嫁描写很简单，也没有回应"日边红杏倚云栽"的签文。年未及笄即能管理偌大家事的探春、给了王善保家的一记响脆巴掌的探春，结局似太草率，应有一段花团锦簇的文字才好。又如香菱的判词中写明"无端两地生枯木，至使芳魂返故乡"，比较清楚地说明了她是受夏金桂虐待致死。香菱是全书第一个出现的薄命司中人，她原名英莲，照谐音讲该是"应怜"，她又姓甄，更是真应怜了。也就是说薄命司中的人都是那么可怜。而香菱的容貌又有些像"东府里小蓉奶奶"（秦可卿，警幻之妹）。所以香菱的命应该是薄而又薄，才有代表性，写她被扶正生子不合原意。这都是老生常谈了。这样明显地违反判词，可以证明后四十回为他人所作。从文字上讲，有些篇章固然很好，但是败笔也不少。最大的败笔是宝玉重游太虚幻境，第一次游让人感到扑朔迷离，有仙气，重游的一段就似乎有妖气了。宝玉看得清楚，记得清楚，知道各姐妹的命运，岂不像练了气功，有了特异功能，能看见人的五脏六腑一样，多么别扭。又如有几句形容黛玉过生日时的打扮，全是套话。前八十回对人物的描写或浓或淡或粗或细，绝少用套话。"丹凤眼，柳叶眉"本来是极一般的形容，但"一双丹凤三角眼，两片柳叶吊梢眉"就活灵活现地画出一位厉害人物。若要挑毛病，还有很多。也有人揣测高鹗得到雪芹残稿，编辑补缀成书。这也是一种说法。我们可以把精彩片段交还雪芹，平庸文字派给高鹗。不过，补缀整理也是一个大功夫。

其实，前八十回也有不合理处，指出的人很多。近见对小红的谈论，说她在后四十回没有得到发展塑造，成了一个毫不出色的普通丫头。在前八十回，小红出身的安排就不够妥当。小红是大管家林之孝的女儿，在贾府中应属于"干部子弟"。书中写她被秋纹等欺压，不大合理。她可以不必是林之孝的女儿，安排她是个家生女儿即可，更符合现在书中表现出来的她的地位、性格。又如贾赦索要鸳鸯，贾母迁怒于王夫人，书上写迎春、惜春提醒贾母"小婶怎知大伯的事"，照迎、惜的性格不见得会出头管事。电视剧改为探春来说这句话，倒是合适。

现在专门来谈史湘云。对史湘云命运的安排有许多种，有一种是她与宝玉最后结为夫妇，以应"因麒麟伏白首双星"的回目。我想这是最不真实的故事。"白首双星"是一个谜，却是可以解释的。"白首双星"出现在回目中，本来就不够合理，因为它不符合薄命。我想这是在小说的长期写作中应改而没有来得及改的地方。据张爱玲《红楼梦魇》说，早本有个时期写宝玉、湘云同偕白首，后来结局改了，于是第三十一回回目改为"撕扇子公子追欢笑，拾麒麟侍儿论阴阳"（全抄本），但是不惬意，结果还是把原来的一副回目保留了下来。后回添写射圃一节，拾麒麟的预兆指向卫若兰，而忽略了若兰、湘云并未白头到老，仍旧与"白首双星"回目不合。"脂批讳言改写，对早本向不认账，此处并且一再代为掩饰。"这一段话讲了两件事，一是"白首双星"曾被改过，留下是失误；一是卫若兰射圃与金麒麟有关。二者都较可信。

林语堂在《平心论高鹗》一文中戏言，程伟元应悬赏征求两篇文字，一是小红在狱神庙，一是卫若兰射圃，每篇一千美金。（我建议再加一题：探春远嫁。都花一千美金。）有卫若兰射圃一段情节，似已为人接受。一九八七版电视剧《红楼梦》里也安排了这一场面，但剧中人都变了哑巴，想来是台词难写。卫若兰就是湘云的夫婿，就是那才貌仙郎。怎样把卫若兰、金麒麟、史湘云联系起来，倒要动一番脑筋。

《红楼梦》曲子"乐中悲"说湘云"从未将儿女私情略萦心上"，最后"云散高唐，水涸湘江"。若是我们尊重前八十回，应该知道，湘云和宝玉虽然自幼常在一起，早于黛玉，但并无"情"，而宝黛的木石前盟是大书特书的，怎能将湘云顶替黛玉？宝玉的人间知己只有黛玉一人。所以他说"林姑娘说过这些混账话么，若说过这些混账话，我和她早生分了"。他还对湘云说，"姑娘请别的屋子坐坐吧。"宝玉在清虚观中将一个金麒麟饰物揣起，不过是好玩而已，也使得情节发展摇曳有致。在宝玉心上，湘云和黛玉的分量是不可同日而语的。又"云散高唐"一句指丈夫早死，"水涸湘江"一句指湘云的生命结束。判词也云："富贵又何为，襁褓之间父母违；展眼吊斜晖，湘江水逝楚云飞。"水逝云飞人何在？所以她不见得能活过宝钗。宝玉一娶宝钗已是违了初心，怎能再娶湘云。这样安排，把宝黛间海枯石烂、生死不渝的爱情降为普通的感情了。而书中已经说明木石姻缘是一种前盟，黛死钗嫁，宝玉出家，这是最符合雪芹原意的安排。就这一安排，我们也应该感谢高鹗。

总之，后四十回虽不及前书，但它成就了全书。后书与前书血肉相连，功是根本的、主要的。有人要把后四十回割下来扔进字纸篓，那还有《红楼梦》存在么？我们可以提出更好的设想，甚至写出精彩的片断，但要写出超过高鹗文稿的《红楼梦》后半部，是不可能的。

我要说一句：感谢高鹗！这是胡适、顾颉刚说过的话，我想也是很多人心里要说而没有说出来的话。

全部《红楼梦》深刻表现了人生的悲凉，"乱哄哄，你方唱罢，我登场，反认他乡是故乡"。人总归是要回去

的,回到那大荒山青埂峰下。功名利禄,不必挂心,是非功过也只在他人谈笑中。仿宝玉偈,编了几句,以为文尾:

你证我证,心证意证。

各有己证,是为立证。

各无己证,是为大证。

问何所证,红楼一梦。

小说和我

在《三生石》正文前，我写了这样一句话："小说只不过是小说。"这话对小说本身并无贬义，只是希望读者把我的小书只当作小说，而不是当作历史或个人档案来读。前年香港的晚报上有一篇评论《三生石》的文章，开头引了这句话，说："'小说只不过是小说'——但透过小说可以反映现实社会的种种现象，也可以塑造各色各样的人物。"这自然是对的。英国女小说家奥斯丁曾为小说抱不平，说甚至在小说里，小说自己也受到歧视。她为了反驳这歧视，有一段关于小说——尤指长篇小说——的名言："小说家在作品里展现了最高的智慧；他用最恰当的语言，向世人表达他对人类最彻底的了解。把人性各式各样不同的方面，最巧妙地加以描绘，笔下闪耀着机智与幽默。"（引自杨绛译文）我们写小说的人，实应力争做到她对小说的要求，那是很不容易的。

小说常常没有做到那样完美，却也有很大影响，有时的影响大到不可思议。近人梁启超很看重小说的作用。他说，欲新一国之民，不可不先新一国之小说，欲新人心，欲新人格，必新小说。因为小说可以在不知不觉间改变人的精神面貌。他甚至把中国过去政治腐败的总根源归结于陈腐小说的影响，那些旧小说的主人公后来都当了状元宰相，宣扬升官发财思想；主人公无不得娇妻美妾，使人做无聊的才子佳人梦。他的看法，当然是本末倒置的，所持的根本观点不是存在决定意识，而是意识决定存在。但是他对小说的重视，对小说影响的估计是有道理的。比起历史、哲学或任何其他文字著作，小说更接近人的生活，也更能从根本处反映人生，因之能熏浸濡染，潜移默化。这是哲学家有时也会遗憾的。

有如此功能之小说，总应该写得好一点。窃以为小说若要有好影响，应具有社会性、可读性和启示性。

一九四九年新中国成立后，尤其是一九五七年以后，有一个流行说法，即文艺是社会动向的晴雨表。因为有这样的看法,当时的批判大都是文艺界首当其冲。其实这本是一句实话,说明文学艺术对社会生活的感受是最敏锐的。我想文学的价值也在此。如果它不是从生活里来,不反映生活中的晴雨,而只是图解政策,就没有任何力量。新时期以来我们的文学出现了繁荣局面,也是因为我们写了人民大众切身的经历和感受。人们的作品里倾吐自己多年压抑着的悲痛,抚一抚伤痕,是必要的。文学作品应该反映社会的真实情况。

我的有些作品不注重情节,也不用白描叙述的手法,有些费解,遂贻"曲高和寡"之讥。其实我以为小说之为小说的一个重要条件是:能够引人入胜,使人不能释手。也就是说小说应该让人看得下去,有其可读性。不过这里说的可读性不是躺在花园里或坐在火车上随便翻翻,而是要认真地读,小说要经得起认真读,也要吸引人去认真读。五十年代时我曾听我们的前辈作家老舍说,写东西要使人能感觉到。你描写冷,读者也打哆嗦;你描写热,能让人脱掉大衣棉袄。他去世后发表的《正红旗下》有一段文字写北京的风,读的时候真想擦擦桌子,真觉得到处都是黄土。伊丽莎白·波温的小说《心之死》里描写伦敦的雾,读时使人窒息。这段描写可算是一个历史记载，因为伦敦已经没有雾了。总之，小说应该能感染读者，使读者共鸣。

小说还要经得起思索，也就是要对读者有所启示。我们新时期的好小说在社会性、可读性上大体做到，但还少真正有启示性的作品。鲁迅的《阿Q正传》《狂人日记》给我们多少启示！简直是当头棒喝，让人不能不思索我们国民性中的弱点、我们历史传统中封建礼教的危害。中国古典小说《金瓶梅》和《红楼梦》一比较，便可以看出优劣，前者只是描写人情世态栩栩如生，反映当时社会情况，后者除也做到这些，还有理想的光辉，有一种诗意贯穿全书，因为它的作者对社会人生有他的看法，有他的向往、遗憾和悲痛。伟大的作品总有巨大的思想内容，对人有所启示。但这思想内容绝非作者在说教，而是通过作品本身给予读者。

我自己在写作时遵循两个字，一曰"诚"，一曰"雅"。这是我国金代诗人元遗山的诗歌理论。郭绍虞先生将遗山论诗总结为"诚乃诗之本，雅为诗之品"，我以为很简约恰当。没有真性情，写不出好文章。如果有真情，则普通人的一点感慨也常常很动人。如果心口不一，纵然洋洒千言，对人也如春风过耳，哪里谈得到感天地、泣鬼神！文学必须真实地反映人生才能获得自己的生命，这一点是新时期作家们普遍的认识。鲁迅所说的瞒和骗的文学是没有市场的。只是要做到诚，不瞒不骗，并不容易。要正视生活需要很多条件，如本身的理论水平、处世能力、勇气和毅力等等。能够认真地看清楚了，还要认真地写出来，就更是谈何容易！

"雅"可以说是文章的艺术性。要做到这点，只有一个苦拙的方法，就是改，不厌其烦地改。"文章是改出来的"，这是一句尽人皆知的话，但这句话包含多大的耐心，恐怕也只有作者自己知道。

我的作品简单地说，可分为两大类。一类是现实主义的，照现实的样子写。有一位前辈曾谆谆教诲我这样写。我以为有道理。有一天忽然悟到，《红楼梦》里写了几百个年纪差不多的女孩儿，而能各有个性，并不重复，可能以为作家在现实生活中便接触了这样多，也许更多的女孩，把她们写下来，自然便不同，因为世界上没有哪两个人是一样的。我的这类作品有《红豆》《弦上的梦》《三生石》等，窃称之为外观手法。另一类我称之为内观手法。即透过现实的外壳去写本质，虽然荒诞不经，却求神似。中国画讲究"似与不似之间"，讲究神似，对我很有启发。中国画论以山水画为最高，并主张不做自然皮相之模仿，而为诗人理想之实现。有的名画看上去似乎不成比例，却能创造意境，传达精神，给人许多画外的东西。绘画和文学是两种艺术，所凭借的手段不同，但也总有相通之处。我是在尝试这样写。

卡夫卡是文学上的一个怪杰。他的《变形记》《城堡》写的是现实中不可能发生的事，可是在精神上是那样准确。他使人惊异原来小说竟然能这样写！把表面现象剥去有时是很必要的，这点给我以启发。写作手法是为内容服务的，怎样写要依内容要求而定。

有的评论说我的两种写法有会合趋势。我主观上不打算会合，而想使之各自发挥，使各自特点更突出。不过我的外观写法有不少浪漫色彩，而用内观写法时，我主张在细节上要注意符合现实。就是说前者也有不似处，后者则特别注意其似。长远以后也许会会合，以后的事，现在难说。

读小说是件乐事，写小说可是件苦事。不过苦乐也难截然分开。没有人写，读什么呢？下辈子选择职业，我还是要干这一行。下辈子再下辈子，那时可能争夺读者的不只是电影电视，还有新发明的想象不出的什么新奇物品。不过我相信总还是有人爱读小说，也总还是需要有人写小说。

一点希望

旧话有云，开卷有益。这话于现在似不适用了。现在的出版物多，相对地说，值得读的却不多。如不择卷而开，徒然浪费时间，也就是浪费生命。以前我们强调读书。现在则应特别强调读好书，对那些不值得读的书要存有戒心。纵观人类历史，在文化发展中屡起高峰，硕果累累。我们放着大仙桃不吃，并些小腻虫塞在嘴里，岂非吃亏！清华大学一位研究生自定了一个书单，希望老学长们予以补充，供同学参考。我想这是聪明人办的好事，每个人可根据不同情况，慎重考虑，定出不同的书单，哪怕一年读一两本，也是好的。

我虽年纪不算太老，却因多病，两眼昏花，视力很弱，常看不见人（并非目中无人），读书更困难。人家说你应该换眼镜了,其实我该换的是眼睛,要做手术。眼镜不起作用了。等我有条件换了眼睛,也要定一个读书计划。

你一九九五年打算读什么书?想一想,选一选吧。

风庐茶事

茶在中国文化中占特殊地位,形成茶文化。不仅饮食,且及风俗,可以写出几车书来。但茶在风庐,并不走红,不为所化者大有人在。

老父一生与书为伴,照说书桌上该摆一个茶杯。可能因读书、著书太专心,不及其他,以前常常一天滴水不进。有朋友指出"喝的液体太少"。他对于茶始终也没有品出什么味儿来。茶杯里无论是碧螺春还是三级茶叶末,一律说好,使我这照管供应的人颇为扫兴。这几年遵照各方意见,上午工作时喝一点淡茶。一小瓶茶叶,终久不灭,堪称节约模范。有时还要在水中夹带药物,茶也就退避三舍了。

外子仲擅长坐功,若无杂事相扰,一天可坐上十二小时。照说也该以茶为伴。但他对茶不仅漠然，更且敌视，说"一喝茶鼻子就堵住"。天下哪有这样的逻辑！真把我和女儿笑岔了气，险些儿当场送命。

女儿是现代少女，喜欢什么七喜、雪碧之类的汽水，可口又可乐。除在我杯中喝几口茶外，没有认真的体验。或许以后能够欣赏，也未可知，属于"可教育的子女"。近来我有切身体会，正好用作宣传材料。

前两个月在美国大峡谷，有一天游览谷底的科罗拉多河，坐橡皮筏子，穿过大理石谷，那风光就不用说了。天很热。两边高耸入云的峭壁也遮不住太阳。船在谷中转了几个弯，大家都燥渴难当。"谁要喝点什么？"掌舵的人问，随即用绳子从水中拖上一个大兜，满装各种易拉罐，熟练地抛给大家，好不浪漫！于是都一罐又一罐地喝了起来。不料这东西越喝越渴，到中午时，大多数人都不再接受抛掷，而是起身自取纸杯，去饮放在船头的冷水了。

要是有杯茶多好！坐在滚烫的沙岸上时，我忽然想，马上又联想到《孽海花》中的女主角傅彩云做公使夫人时，参加一游园会，各使节夫人都要布置一个点，让人参观。彩云布置一个茶摊。游人走累了，玩倦了，可以饮一盏茶，小憩片刻。结果茶摊大受欢迎，得了冠军。摆茶摊的自然也大出风头。想不到我们的茶文化,泽及一位风流女子,由这位女子一搬弄,还可稍稍满足我们民族的自尊心。

但是茶在风庐,还是和者寡,只有我这一个"群众"。虽然孤立,却是忠实,从清晨到晚餐前都离不开茶。以前上班时,经过长途跋涉,好容易到办公室,已经像只打败了的鸡。只要有一盏浓茶,便又抖擞起来。所以我对茶常有从功利出发的感激之情。如今坐在家里,成为名副其实的两个小人在土上的"坐"家,早餐后也必须泡一杯茶。有时天不佑我,一上午也喝不上一口,搁在那儿也是精神支援。

至于喝什么茶,我很想讲究,却总做不到。云南有一种雪山茶,白色的,秀长的细叶,透着草香,产自半山白雪半山杜鹃花的玉龙雪山。离开昆明后,再也没有见过,成为梦中一品了。有一阵很喜欢碧螺春,毛茸茸的小叶,看着便特别,茶色碧莹莹的。喝起来有点像《小五义》中那位壮士对茶的形容:"香喷喷的,甜丝丝的,苦因因的。"这几年不知何故,芳踪隐匿,无处寻觅。别的茶像珠兰茉莉大方六安之类,要记住什么味道归在谁名下也颇费心思。有时想优待自己,特备一小罐,装点龙井什么的。因为瓶瓶罐罐太多,常常弄混,便只好摸着什么是什么。一次为一位素来敬爱的友人特找出东洋学子赠送的"清茶",以为经过茶道台面的,必为佳品。谁知其味甚淡,很不合我们的口味。生活中各种阴错阳差的事随处可见,茶者细微末节,实在算不了什么。这样一想,更懒得去讲究了。

妙玉对茶曾有妙论,一杯曰品,二杯曰解渴,三杯就是饮驴了。茶有冠心苏合丸的作用,那时可能尚不明确。饮茶要谛应在那只限一杯的"品",从咂摸滋味中蔓延出一种气氛。成为"文化",成为"道",都少不了气氛,少不了一种捕捉不着的东西,而那捕捉不着,又是实际中来的。

若要捕捉那捕捉不着的东西,需要富裕的时间和悠闲的心境,这两者我都处于"第三世界",所以也就无话可说了。

三幅画

戊辰龙年前夕,往荣宝斋去取裱的字画。在手提包里翻了一遍,不见取物字据。其实原字据已莫名其妙地不知去向,代替的是张挂失条,而现在连这挂失条也不见了。

业务员见我懊恼的样子,说,拿走罢,找着以后寄回来就行了。

我们高兴地捧了字画回家。一共五幅,两幅字三幅画,一幅幅打开看时,甚生感慨,现只说这三幅画。

三幅画均出自汪曾祺的手笔。

老实说,在一九八六年以前,我从不知汪曾祺擅长丹青,可见是何等的孤陋寡闻。原只知他不只写戏还能演戏,不只写小说散文还善旧诗,是个多面手。四十年代初,西南联大同学上演《家》。因为长兄钟辽扮演觉新,我去看过戏。有两个场面印象最深:一是高老太爷过世后,高家长辈要瑞珏出城生产，觉新在站了一排的长辈面前的惶恐样儿。哥哥穿一件烟色长衫，据说很潇洒。我只为觉新伤心，以后常常想起那伤心；一是鸣凤鬼魂下场后，老更夫在昏暗的舞台中间，敲响了锣，锣声和报着更次的喑哑声音回荡在剧场里，现在眼前还是那老更夫的模样，耳边还有那声音，涩涩的，很苦。

老更夫是汪曾祺扮演的。

时光一晃过了四十年。八十年代初，《钟山》编辑部举办太湖笔会，从苏州乘船到无锡去。万顷碧波，洗去了尘俗烦恼，大家都有些忘乎所以。我坐在船头上乘风破浪，十分得意，不断为眼前景色欢呼。汪兄忽然递过半张撕破的香烟盒纸，上写着一首诗："壮游谁似冯宗璞，打伞遮阳过太湖，却看碧波千万顷，北归流入枕边书。"我曾要回赠一首且有在船诸文友相助，乱了一番，终未得出究竟。而汪兄这首游戏之作，隔了五年，仍清晰地留在我记忆中。

一九八六年春，偶往杨周翰先生家，见壁悬画图，上栖一只松鼠，灵动不俗。得知为汪兄大作时，不胜惊异。又有一幅极秀的字，署名上官碧，又不知这是沈从文先生笔名。杨先生则为我的无知而惊异，笑说，你怎么什么都不知道。

实在是的,我常处于懵懂状态,这似乎是一种习惯。不过一经明白,便有行动,虽然还是拖了许久。初夏时,我修书往蒲黄榆索画,以为一年半载后可得一张。

不想一周内便来了一幅斗方。两只小鸡,毛茸茸的,歪着头看一串紫红色的果子,很可爱。果子似乎很酸,所以小鸡在琢磨罢。

这画我喜欢,但不满意,怀疑汪兄存有哄小孩心理,立即表态:不行不行,还要还要!

第二幅画也很快来了。这是一幅真正的赠给同行的画,红花怒放,下衬墨叶,紧靠叶下有字云:"人间存一角,聊放侧枝花,临风亦自得,不共赤城霞。"画中花叶与诗都在一侧,留有大片空白,空白上有烟灰留下的一个小洞。曾嘱裱工保留此洞,答称没有这样的技术。整个画面在临风自得的恬淡中,却有一种活泼的热烈气氛,父亲看不见画,听我念诗后,大为赞赏,说用王国维标准来说,这诗便是不隔。何谓不隔?物与我浑然一体也。

这时我已满意,天下太平,不再生事。不料秋末冬初时,汪兄忽又寄来第三幅画。这是一幅水仙花,长长的挺秀的叶子,顶上几瓣素白的花,叶用蓝而不用绿,花就纸色不另涂白。只觉一股清灵之气，自纸上透出。一行小字：为纪念陈澄莱而作，寄与宗璞。

把玩之际，不觉欷歔。谢谢你，汪曾祺！

澄莱乃我挚友，和汪兄也相识。五十年代最后一年，澄莱与我一同下放在涿鹿县。当时汪兄在张家口一带，境况比我们苦得多了。一次开什么会，大家穿着臃肿的大棉袄在塞上相见。我仍是懵懵懂懂，见了不认识的人当认识，见了认识的人当不认识。澄莱纠正我，指点我这人那人都是谁；看我见了汪兄发愣，苦笑道，汪曾祺你也不认识！

澄莱于一九七一年元月在寒冷的井中直落九泉之下，迄今不明原由。我曾为她写了一篇《水仙辞》的小文。现在谁也不记得她了，连我都记不准那恐怖的日子。汪兄却记得那水仙花的譬喻，为她画一幅画，而且说来年水仙花开，还要写一幅。

从前常有性情中人的说法，现在久不见这词了。我常说的"没有真性情，写不出好文章"的大白话，也久不说了。性情中人不一定写文章，而写出好文章的人，必有真性情。

汪曾祺的戏与诗，文与画，都隐着一段真性情。

三幅画放到一九八七年才送去裱,到一九八八年春节才取回。在家里再翻手提包,那挂失条竟赫然存在焉。我只能笑自己的糊涂。

从"粥疗"说起

从小便多病,以这多病之身居然维持过了花甲,而且还在继续维持下去,也算不简单。六十年代后期,随着"文化大革命"这场大灾难,我也得了一场重病。年代久了,记忆便淡漠,似乎已和旁人平等了。可能是为了提醒吧,前年底,经历了父丧之痛以后,又是一次重病,成了遐迩闻名的大病号。

病中得到广泛而深厚的关心,让我有点飘飘然。有时卧床而"飘",飘着飘着,想起二十年前,我的夫弟——俗称"小叔子"的,他们只有兄弟二人,不必说明第几位——从上海寄了一本《粥疗法》,是本薄薄的旧书,好像还是古籍出版社一类的地方出版的。书中极称粥食之妙,还介绍了许多食粥之法。有的很普通,如山药粥、百合粥、莲子粥等，不必查书，我也曾奉食老父。有用肉类制作的，就比较复杂。无论繁简，都注明各有所治，"粥效"可谓大焉。不过此书的命运同我家多数小册子一样，在其兄的管理下，不久就不见踪影，又是"只在此山中，云深不知处"了。

后来又听朋友说，还有一种书，题名为《一百种粥》，所记粥事甚详。可见"粥"在出版界颇不寂寞。

病中不能出门，只在房中行走。体力恢复到能东翻西翻时，偶见陆游有一首食粥诗，"世人个个学长年，不悟长年在目前。我得《宛丘》平易法，只将食粥致神仙"。再一研究，写《宛丘集》的张耒，更有一篇《粥记》。文字不长，兹录如下：

张安定每晨起食粥一大碗，空腹胃虚，谷气便所补不细，又极柔腻，与肠腑相得，最为饮食之良妙。齐和尚说，山中僧每将旦一粥，甚是厉害，如或不食，则终日觉脏腑燥渴，盖能畅胃气，生津液也。今劝人每日食粥以为养生之道，必大笑。大抵养性命求安乐亦无深远难知之事，正在寝食之间耳。

这位张耒是自称"吾苏学士徒也"的，如此再作推理，原来东坡也嗜粥。他说：

夜饥甚，吴子野劝食白粥，云能推陈出新，利膈益胃。粥既快美，粥后一觉，妙不可言。

看来宋代便有不少大名士深知粥理。想想我曾那样不重视粥疗，不觉自叹所知太少。

南方人似乎喜欢吃泡饭胜于粥。幼时在昆明，一度住在梅家，曾和小弟还有从小到大的友伴和同窗梅祖芬三人一起偷吃剩饭。那天的饭是用云南特产的一种香稻做的，用开水泡一下，还有什么人送来自制的腐乳，我们每人都吃了两三碗，直吃到再也咽不下，终于胃痛得起不了床。梅伯母不知缘故，见三人一起不适，甚感惊慌。好在服用酵母片后，个个痊愈。梅伯母现已年近百岁，对于一起胃痛的奥妙，还是不甚了然。当时若吃的不是泡饭而是粥，谅不至于胃痛。

一九五九年下放在桑干河畔，那里习惯用玉米糁子煮干饭，称为"格仁粥"，煮成稀饭，则称"格仁稀粥"。我印象中稀粥比名为粥的干饭容易下咽多了。房东大娘把炒过的玉米、小米和豆类碾碎，煮成粥状，也笼统称为粥。下放回来后，大娘还托人带来一小口袋这种粥的原料，试者无不说好。但若吃久了，这些粥都比不上白米粥。只是大米在北方农村不多，米粥也就难得了。

有一阵子以为广东粥很好。记得那年夜游洛杉矶，午夜到一小吃店吃鱼生粥。只那端上来时的热气腾腾便赶走一半夜寒。碗中隐约现出嫩绿的葱花，浅黄的花生碎粒，略一搅动，翻起雪白的鱼片，喝下去不只暖适而且美味。回来每每念及"广东粥"，或外购或内制，总到不了那个水平。这也许和当时的身体情况以及环境有关。

陆游还有一首诗云："粥香可爱贫方觉，睡味无穷老始知。要识放翁真受用，大冠长剑只成痴。"食粥的根本道理在于自甘淡泊。淡泊才能养生，身体上精神上都一样。所以鱼呀肉的花样粥，总不如白米粥为好。白米粥必须用好米，籼米绝熬不出那香味来。而且必须黏润适度，过稠过稀都不行。还要有适当的小菜佐粥。小菜因人而异。贾母点的是炸野鸡块子，"咸浸浸的好下稀饭"。我则以为用少加香油白糖的桂林腐乳，或以落花生去壳衣，蘸好酱油和粥而食，天下至味。

不知当初东坡食白粥，用的什么小菜。

猫冢

十月份到南方转了一圈，成功地逃避了气管炎和哮喘——那在去年是发作得极剧烈的。月初回到家里，满眼已是初冬的景色。小径上的落叶厚厚一层，树上倒是光秃秃的了。风庐屋舍依旧，房中父母遗像依旧，我觉得一切似乎平安，和我们离开时差不多。

见过了家人以后，觉得还少了什么。少的是家中另外两个成员——两只猫。"媚儿和小花呢？"我和仲同时发问。

回答说，它们出去玩了，吃饭时会回来。午饭之后是晚饭，猫儿还不露面。晚饭后全家在电视机前小坐，照例是少不了两只猫的。媚儿常坐在沙发扶手上，小花则常蹲在地上，若有所思地望着我，我总是和它说话，问它要什么，一天过得好不好。它以打呵欠来回答。有时就试图坐到膝上来，有时则看看门外，那就得给它开门。

可这一天它们不出现。

"小花，小花，快回家！"我开了门灯，站在院中大声召唤。因为有个院子，屋里屋外，猫们来去自由，平常晚上我也常常这样叫它。叫过几分钟后，一个白白圆圆的影子便会从黑暗里浮出来，有时快步跳上台阶，有时走两步停一停，似乎是闹着玩。有时我大开着门它却不进来，忽然跳着抓小飞虫去了，那我就不等它，自己关门。一会儿再去看时，它坐在台阶上，一脸期待的表情，等着开门。

小花被家人认为是我的猫。叫它回家是我的差事，别人叫，它是不理的，仲因为给它洗澡，和它隔阂最深。一次仲叫它回家，越叫它越往外走，走到院子的栅栏门了，忽然回头见我出来站在屋门前，它立刻转身飞箭也似跑到我身旁。没有衡量，没有考虑，只有天大的信任。

对这样的信任我有些歉然，因为有时我也不得不哄骗它，骗它在家等着，等到的是洗澡。可它似乎认定了什么，永不变心，总是坐在我的脚边，或睡在我的椅子上。再叫它，还是高兴地回家。

可是现在，无论怎么叫，只有风从树枝间吹过，好不凄冷。

七十年代初，一只雪白的、蓝眼睛的狮子猫来到我家，我们叫它狮子，它活了五岁，在人来讲，约三十多岁，正在壮年。它是被人用鸟枪打死的。当时正生过一窝小猫，好的送人了，只剩一只长毛三色猫，我们便留下了它，叫它花花。花花五岁时生了媚儿，因为好看，没有舍得送人。花花活了十岁左右，也还有一只小猫没有送出。也是深秋时分，它病了，不肯在家，曾回来有气无力地叫了几声，用它那妩媚温顺的眼光看着人，那是它的告别了。后来忽然就不见了。猫不肯死在自己家里，怕给人添麻烦。

孤儿小猫就是小花，它是一只非常敏感，有些神经质的猫，非常注意人的脸色，非常怕生人。它基本上是白猫，头顶、脊背各有一块乌亮的黑，还有尾巴是黑的。尾巴常蓬松地竖起，如一面旗帜，招展很有表情。它的眼睛略呈绿色，目光中常有一种若有所思的神情。我常常抚摸它，对它说话，觉得它不知什么时候就会回答。若是它忽然开口讲话，我一点不会奇怪。

小花有些狡猾，心眼儿多，还会使坏。一次我不在家，它要仲给它开门，仲不理它，只管自己坐着看书。它忽然纵身跳到仲膝上，极为利落地撒了一泡尿，仲连忙站起时，它已方便完毕，躲到一个角落去了。"连猫都斗不过！"

成了一个话柄。

小花也是很勇敢的,有时和邻家的猫小白或小胖打架,背上的毛竖起,发出和小身躯全不相称的吼声。"小花又在保家卫国了。"我们说。它不准邻家的猫践踏草地。猫们的界限是很分明的,邻家的猫儿也不欢迎客人。但是小花和媚儿极为友好地相处,从未有过纠纷。

媚儿比小花大四岁,今年已快九岁,有些老态龙钟了。它浑身雪白,毛极细软柔密,两只耳朵和尾巴是一种娇嫩的黄色。小时可爱极了,所以得一媚儿之名。它不像小花那样敏感,看去有点儿傻乎乎。它曾两次重病,都是仲以极大的耐心带它去小动物门诊,给它打针服药,终得痊愈。两只猫洗澡时都要放声怪叫。媚儿叫时,小花东藏西躲,想逃之夭夭。小花叫时,媚儿不但不逃,反而跑过来,想助一臂之力。其憨厚如此。它们从来都用一个盘子吃饭。小花小时,媚儿常让它先吃。小花长大,就常让媚儿先吃。有时一起吃,也都注意谦让。我不免自夸几句:"不要说郑康成婢能诵毛诗,看看咱们家的猫!"

可它们不见了!两只漂亮的、各具性格的、懂事的猫,你们怎样了?

据说我们离家后几天中,小花在屋里大声叫,所有的柜子都要打开看过。给它开门，又不出去。以后就常在外面，回来的时间少。以后就不见了，带着爱睡觉的媚儿一起不见了。

"到底是哪天不见的？"我们追问。

都说不清，反正好几天没有回来了。我们心里沉沉的，找回的希望很小了。

"小花，小花，快回家！"我的召唤在冷风中，向四面八方散去。

没有回音。

猫其实不仅是供人玩赏的宠物，它对人是有帮助的。我从来没有住过新造的房子，旧房就总有鼠患。在城内迺兹府居住时，老鼠大如半岁的猫，满屋乱窜，实在令人厌恶，抱回一只小猫，就平静多了。风庐中鼠洞很多，鼠们出没自由。如有几个月无猫，它们就会偷粮食，啃书本，坏事做尽。若有猫在，不用费力去捉老鼠，只要坐着，甚至睡着喵呜几声，鼠们就会望风而逃。一次父亲和我还据此讨论了半天"天敌"两字。猫是鼠的天敌，它就有灭鼠的威风！驱逐了鼠的骚扰，面对猫的温柔娇媚，感到平静安详，赏心悦目，这多么好！猫实在是人的可爱而有力的朋友。

小花和媚儿的毛都很长，很光亮。看惯了，偶然见到紧毛猫，总觉得它没穿衣服。但长毛也有麻烦处，它们好像一年四季都在掉毛，又不肯在指定的地点活动，以致家里到处是猫毛。有朋友来，小坐片刻，走时一身都是毛，主人不免尴尬。

　　一周过去了，没有踪影。也许有人看上了它们那身毛皮——亲爱的小花和媚儿，你们究竟遇到了什么！

　　我们曾将狮子葬在院门内枫树下，大概早溶在春来绿如翠、秋至红如丹的树叶中了。狮子的儿孙们也一代又一代地去了，它们虽没有葬在冢内，也各自到了生命的尽头。"前不见古人，后不见来者"，生命只有这么有限的一段，多么短促。我亲眼看见猫儿三代的逝去，是否在冥冥中，也有什么力量在看着我们一代又一代地消逝呢。

酒和方便面

酒，是艺术。酒使人陶陶然，飘飘然，昏昏然而至醉卧不醒，完全进入另一种境界。在那种境界中，人们可以暂时解脱人间各种束缚，自由自在；可以忘却劳碌奔波和做人的各种烦恼。所以善饮者称酒仙，耽溺于饮者称酒鬼。没有称酒人的。酒能使人换到仙和鬼的境界，其伟大可谓至矣。而酒味又是那样美，那样奇妙！许多年来，常念及酒的发明者，真是聪明。

因为酒的好味道，我喜欢，却不善饮。对酒文化，更无研究。那似乎是一门奢侈的学问。只有人问黄与白孰胜时，能回答喜欢黄的，而不误会谈论的是金银。黄酒需热饮，特具一种东方风格。以前市上有即墨老酒，带点烟尘味儿，很不错。现有的封缸、沉缸，也不错。只是我不能多喝。有人说我可能生来具有那根"别肠"，后因多次手术割断了。

就算存在那"别肠"，饮酒的机会也不多。有几次印象很深，但饮的都不是黄酒。

云南开远杂果酒，色殷红，味香甜。童年在昆明，常在中午大人午睡时，和兄、弟一起偷饮这种酒，蜜水一般，好喝极了。却不料它有后劲，过一会儿便头痛。宁肯头痛，还是偷喝。头痛时三人都去找母亲。母亲发现头痛原因，便将酒瓶藏过了。那时我和弟弟住一房间，窗与哥哥的窗成直角。哥哥在两窗间挂了两根绳子，可拉动一小篮，装上纸条，便成土电话。消息经过土电话而来，格外有趣。三人有话当面不说，偏忍笑回房写纸条。纸条上有各种议论，还有附庸风雅的饮酒诗。如今兄、弟一生离一死别。哥哥远在异域，倒是不时打越洋电话来，声音比本市还清楚。

海淀莲花白，有粉红淡绿两种颜色，味极醇远。在清华读书时，曾和要好的同学在校园中夜饮。酒从燕京东门外常三小馆买来。两人坐在生物馆高台阶上，望着馆前茂盛的灌木丛，丛中流过一条发亮的小溪。不远处是气象台，那时似乎很高。再往西就是圆明园了。莲花白的味道比杂果酒高明多了。我们细品美酒，作上下古今谈，觉得很是浪漫，对自己的浪漫色彩其实比对酒的兴趣大得多。若无那艳丽的酒，则说不上浪漫了。酒助了谈兴，谈话又成为佐酒的佳品。那时的谈话犀利而充满想象，若有录音，现在来听，必然有许多意外之处。这要好的同学现在是美国问题专家。清华诸友近来大都退化作老妪状，只有她还勇往直前，但也绝不饮酒了。

另一次印象深刻的饮酒经验是在一九五九年，当时我下放农村劳动锻炼。一年期满回京时，公社饯行，喝的，是高粱酒，白的，清水一般，度数却高。到农村确实增长了见识，很有益处，但若说长期留下改造，怕是谁也不愿意。那时，"不做一截子，要做一辈子"农民的壮志尚未时兴。饯行宴肯定我们能回京，使人如释重负；何况还带有公社赠送的大红锦旗，写着"上游干将，为民造福"，证明了我们改造的成绩。在高兴中，每人又有这一年不尽相同的经历和感受，喝起酒来，味道复杂多了。

公社干部豪爽热情，轮番敬酒。一般送行的题目喝过，便搬出至高无上的题目来。"为毛主席干杯！"大家都奋勇喝下。我则从开始就把酒吐在手绢上，已经换过若干条，难乎为继了。到为这题目干过几次杯后，只好逃席。逃到住房，紧跟着追来一批人，举杯高呼"为毛主席健康"。话音未落，我忍不住哇地一声呕吐起来。幸好那时距"文革"尚远，没有人上纲，不然恐怕北京也不得回了。

我们的队伍中醉倒几条好汉，躺在炕上沉沉睡去。公社书记关心地来视察，张罗做醒酒汤。那次饮酒颇有真刀真枪之感，现在想来犹觉豪迈。

酒是有不同喝法的。

据说一位词人有句云："到明朝重携残酒，来寻陌上花钿。"君主见了一笑，说，何必携残酒？提笔改作"到明朝重扶残醉，来寻陌上花钿"。果然清灵多了。这是因为皇帝不在乎残酒，那词人就显出知识分子的寒酸气了。

寒酸的知识分子，免不了操持柴米油盐。先勿论酒且说吃饭，这真是大题目。有时开不出饭来对付一家老小，便搬出方便面。所以我到处歌颂方便面，认为其发明者的大智慧不下于酒的发明者。后来知道方便面主乃一日籍之华人，已得过日本饮食业的大奖，颇觉安慰。

到我的工作单位去上班时，午餐便是一包方便面。几个人围坐进食，我总要称赞方便面不只方便，而且好吃。"我就爱吃方便面。"我边吃边说。

"那是因为你不常吃。"一位同事笑笑，不客气地说。

我愕然。

此文若在一九八七年底交卷，到这里会得出结论云，人需要方便面，酒则可有可无。再告一番煞风景罪，便可结束了。但拖延至今，便有他望。

一九八八年开始，我们吃了约十天的方便面，才知道无论什锦大虾何等名目的佐料，放入面中，其效果都差不多。"因为你不常吃"的话很有道理。常吃的结果是，所需量日渐减少。无怪嫦娥耐不住乌鸦炸酱面，奔往月宫去饮桂花酒了。

人生需要方便面充饥，也需要酒的欣赏。

什么时候，我要好好饮一次黄酒。

从花开,到花落

花,有上场,有退场。人,也是一样。

水仙辞

仲上课回来,带回两头水仙。可不是,一年在不知不觉间,只剩下一个多月了,已到了养水仙的时候。

许多年来,每年冬天都要在案头供一盆水仙。近十年,却疏远了这点情趣。现在猛一见胖胖的茎块中顶出的嫩芽,往事也从密封着的心底涌了出来。水仙可以回来,希望可以回来,往事也可以再现,但死去的人,是不会活转来了。

记得城居那十多年,澄莱与我们为伴。案头的水仙,很得她关注,换水、洗石子都是她照管。绿色的芽,渐渐长成笔挺的绿叶,好像向上直指的剑,然后绿色似乎溢出了剑锋,染在屋子里。在北风呼啸中,总感到生命的气息。差不多常在最冷的时候,悄然飘来了淡淡的清冷的香气,那是水仙开了。小小的花朵或仰头或颔首,在绿叶中显得那样超脱,那样悠闲。淡黄的花心,素白的花瓣,若是单瓣的,则格外神清气朗,在线条简单的花面上洋溢着一派天真。

等到花叶多了,总要用一根红绸带或红绉纸,也许是一根红线,把它轻轻拢住。那也是澄莱的事。我只管赞叹:"哦,真好看。"现在案头的水仙,也会长大,待到花开时,谁来操心用红带拢住它呢。

管花人离开这世界快十一个年头了。没有骨灰,没有放在盒里的一点遗物,也没有一点言语。她似乎是飘然干净地去了。在北方的冬日原野上,一轮冷月照着其寒彻骨的井水,井水浸透了她的身心。谁能知道,她在那生死大限上,想喊出怎样痛彻肺腑的冤情,谁又能估量她的满腔愤懑有多么沉重!她的悲痛、愤懑以及她自己,都化作灰烟,和在祖国的天空与泥土里了。

人们常赞梅的先出,菊的晚发。我自然也敬重它们的品格气质。但在菊展上见到各种人工培养的菊花,总觉得那曲折舒卷虽然增加了许多姿态,却减少了些纯朴自然。梅之成为病梅,早有定庵居士为之鸣不平了。近闻水仙也有种种雕琢,我不愿见。我喜欢它那点自然的挺拔,只凭了叶子竖立着。它竖得直,其实很脆弱,一摆布便要断的。

她也是太脆弱。只是心底的那一点固执,是无与伦比了。因为固执到不能扭曲,便只有折断。

她没有惹眼的才华,只是认真,认真到固执的地步。五十年代中,我们在文艺机关工作。有一次,组织文艺界学习中国近代史,请了专家讲演。待到一切就绪,她说:"这个月的报还没有剪完呢,回去剪报罢。"虽然她对近代史并非没有兴趣。当时确有剪报的任务,不过从未见有人使用这资料。听着嚓嚓的剪刀声,我觉得她认真得好笑。

"我答应过了。"她说。是的,她答应过了。她答应过的事,小至剪报,大至关系到身家性命,她是要做到的,哪怕那允诺在冥暗之中,从来无人知晓。

我们曾一起翻译《缪塞诗选》,其实是她翻译,我只润饰文字而已。白天工作很忙,晚上常译到很晚。我嫌她太拘泥,她嫌我太自由,有时为了一个字,要争论很久。我说译诗不能太认真,因为诗本不能译。她说诗人就是认真的,译诗的人更要认真。那本小书印得不多,经过那动荡的年月,我连一本也没有得留下。绝版的书不可再得了。眼看新书一天天多起来,我指望着更好的译本。她还在业余翻译了法国长篇小说《保尔和维绮妮》,未得出版。近见报上有这部小说翻译出版的消息,想来她也会觉得安慰的。

她没有做出什么惊人的事业,那点译文也和她一样不复存在了。她从不曾想要有出类拔萃的成就,只是认真地、清白地过完了她的一生。她在人生的职责里,是个尽职的教师、科员、妻子、母亲和朋友。在到处是暗礁险滩的生活的路上,要做到尽职谈何容易!我想她是做到了。她做到了她尽力所能做到的一切,但是很少要求回报。她是这样淡泊。人们都赞水仙的淡泊,它的生命所需不过一盆清水。其实在那块茎里,已经积蓄足够的养料了。人的灵魂所能积蓄的养料,其丰富有时是更难想象的罢。

现在又有水仙在案头了。我不免回想与她分手的时候。记得是澄莱到干校那年,有人从外地辗转带来两头水仙,养在漏网的白瓷盆里。她走的那天,已经透出嫩芽了。当时两边屋里都凌乱不堪,只有绿芽、白盆、清水和红石子,似乎还在正常秩序之中。

我们都不说话,心知她这一去归期难卜。当时每个人都不知自己明天会变成什么,去干校后命运更不可测。但也没有想到眼前就是永诀。让她回来收拾东西时间很短,她还想为在重病中的我做一碗汤,仅只是一碗汤而已,但是来不及了。她的东西还没有收拾好,用两块布兜着,便去上车。仲草草替她扎紧,提了送她。我知道她那时担心的是我的病体,怕难见面。我倚在枕上想,我只要活着,总会有见面的一天。她临走时进房来看着水仙,说了一句"别忘了换水",便转身出去。从窗中见她笑着摆摆手。然后大门呀的一声,她走了。

那竟是最后一面!那永诀的笑容留下了,留在我心底。是她,她先走了。这些年我不常想到她。最初是不愿意想,后来也就自然地把往事封埋。世事变迁,旧交散尽,也很少人谈起她这样平常的人。她自己,从来是不愿占什么位置的,哪怕在别人心中。若知道我写这篇文字,一定认为很不必,还要拉扯水仙,甚至会觉得滑稽吧。但我隔了这许多年,又在自己案头看见了水仙,是不能不写下几行的。

尽管她希望住在遗忘之乡,我知道记住她的不止我一人。我不只记住她那永诀的笑容,也记住要管好眼前的水仙花。换水、洗石子,用红带拢住那从清水中长起来的叶茎。

澄莱姓陈,原籍福建,正是盛产水仙花的地方。

柳信

今年的春,来得特别踌躇、迟疑,乍暖还寒,翻来覆去,仿佛总下不定决心。但是路边的杨柳,不知不觉间已绿了起来,绿得这样浅,这样轻,远望去迷迷蒙蒙,像是一片轻盈的、明亮的雾。我窗前的一株垂柳,也不知不觉在枝条上缀满新芽,泛出轻浅的绿,随着冷风,自如地拂动。这园中原有许多花木。这些年也和人一样,经历了各种斧钺虫豸之灾,只剩下一园黄土、几株俗称瓜子楂的树。还有这棵杨柳,年复一年,只管自己绿着。

少年时候,每到春来,见杨柳枝头一夜间染上了新绿,总是兴高采烈,觉得欢喜极了,轻快极了,好像那生命的颜色也染透了心头。曾在中学作文里写过这样几句:

嫩绿的春天又来了

看那陌头的杨柳色

世界上的生命都聚集在那儿了

不是么?

那年轻的眼睛般的鲜亮呵——

老师在这最后一句旁边打了密密的圈。我便想,应该圈点的,不是这段文字,而是那碧玉妆成、绿丝绦般的杨柳。

于是许多年来,便想写一篇《杨柳辩》,因为历来并不认为杨柳是该圈点的,总是以松柏喻坚贞,以蒲柳比轻贱。现在呢,"辩"的锐气已消,尚幸并未全然麻木,还能感觉到那柳枝透露的春消息。

抗战期间在南方,为躲避空袭,我们住在郊外一个庙里。这庙坐落在村庄附近的小山顶上,山上蓊蓊郁郁,长满了各样的树木。一条歪斜的、可容下一辆马车的石板路从山脚蜿蜒而上。路边满是木香花,春来结成两道霜雪覆盖的花墙。花墙上飘着垂柳,绿白相映,绿的格外鲜嫩,白的格外皎洁,柳丝拂动,花儿也随着有节奏地摇头。

庙的右侧,有一个小山坡,草很深,杂生着野花,最多的是野杜鹃,在绿色的底子上形成红白的花纹。坡下有一条深沟,沟上横生着一株柳树,据说是雷击倒的。虽是倒着,还是每年发芽。靠山坡的一头有一个斜生的枝杈,总是长满长长的柳丝,一年有大半年绿莹莹的,好像一把撑开的绿伞。我和弟弟经常在这柳桥上跑来跑去,采野花,捉迷藏,不用树和灌木,只是草,已足够把我们藏起来了。

一个残冬,我家的小花猫死了。昆明的猫很娇贵,养大是不容易的。那是我第一次看到什么是死。它躺着,闭着眼。我和弟弟用猪肝拌了饭,放在它嘴边,它仍一动也不动。"它死了。"母亲说,"埋了吧。"我们呆呆地看着那显得格外瘦小的小猫,弟弟呜呜地哭了。我心里像堵上了什么,看了半天,还不离开。

"埋了吧,以后再买一只。"母亲安慰地说。

我作了一篇祭文,记得有"呜呼小花"一类的话,放在小猫身上。我们抬着盒子,来到山坡。我一眼便看中那柳伞下的地方,虽然当时只有枯枝。我们掘了浅浅的坑,埋葬了小猫。冷风在树木间吹动,我们那时都穿得十分单薄,不足以御寒的。我拉着弟弟的手,呆呆地站着,好像再也提不起玩的兴致了。

忽然间,那晃动的枯枝上透出的一点青绿色,照亮了我们的眼睛,那枝头竟然有一点嫩芽了,多鲜多亮呵!我猛然觉得心头轻松好多。杨柳绿了，杨柳绿了，我轻轻地反复在心里念诵着。那时我的词汇里还没有"生命"这些字眼，但只觉得自己又有了精神，一切都又有了希望似的。

时光流去了近四十年，我已经历了好多次的死别，到一九七七年，连我的母亲也撒手别去了。我们家里，最不能想象的就是没有我们的母亲了。母亲病重时，父亲说过一句话："没有你娘，这房子太空。"这房子里怎能没有母亲料理家务来去的身影，怎能没有母亲照顾每一个人、关怀每一个人的呵叱和提醒，那充满乡土风味的话音呢！然而母亲毕竟去了，抛下了年迈的父亲。母亲在病榻上用力抓住我的手时说过，她放心，因为她的儿女是好的。

我是尽量想做到让母亲放心的。我忙着料理许多事，甚至没有好好哭一场。

两个多月过去，时届深秋。园中衰草凄迷，落叶堆积。我从外面回来，走过藏在衰草落叶中的小径——这小径，我曾在深夜里走过多少次啊。请医生，灌氧气，到医院送汤送药，但终于抵挡不住人生大限的到来。我茫然地打量着这园子，这时，侄儿迎上来说，家里的大猫——狮子死了，是让人用鸟枪打死的，已经埋了。

这是母亲喜欢的猫，是一只雪白的狮子猫，眼睛是蓝的，在灯下闪着红光。这两个月，它天天坐在母亲房门外等，也没有等得见母亲出来。我没有问埋在哪里，无非是在这一派清冷荒凉之中罢了。我却格外清楚地知道，再没有母亲来安慰我了，再没有母亲许诺我要的一切了。

深秋将落叶吹得团团转，枯草像是久未梳理的乱发，竖起来又倒下去。我的心直在往下沉，往下沉——忽然，我看见几缕绿色在冷风中瑟瑟地抖颤，原来是那株柳树。在冬日的萧索中，柳色有些黯淡，但在一片枯黄之间，它是在绿着。"这容易生长的、到处都有的、普通的柳树，并不怕冷。"我想着，觉得很安慰，仿佛得到了支持似的。

清明时节，我们将柳枝插在门外，据说是可以辟邪，又选了两枝，插在母亲骨灰盒旁的花瓶里。柳枝并不想跻身松柏等岁寒之友中，它只是努力尽自己的本分，尽量绿得长一些，就像一个普通正常的母亲，平凡清白的人一样。

柳枝在绿着，衬托着万紫千红。这些丝丝垂柳，是会织出大好春光的。

二十四番花信

今年春来早,繁忙的花事也提早开始,较常年约早一个节气。没有乍暖还寒,没有春寒料峭。一天,在钟亭小山下散步,忽见,乾隆御碑旁边那树桃花已经盛开。我常说桃花冒着春寒开放很是勇敢,今年开得轻易不需要很大勇气,只是趁着背后光秃的土山,还可以显出它是报春的先行者。

迎春、连翘争先开花,黄灿灿的一片。我很长时期弄不清这两种植物的区别,常常张冠李戴,未免有些烦恼,也曾在别的文章里写过。最近终于弄清。迎春的枝条呈拱形,有角棱。连翘的枝条中空,我家月洞门的黄花原以为是迎春,其实是连翘,这有仲折来的中空的枝条为证。

报春少不了二月兰。今年二月兰又逢大年,各家园子里都是一大片紫色的地毯。它们有一种淡淡的香气，显然是野花的香气。去冬，往病房送过一株风信子，也是这样的气味。

榆叶梅跟着开了，附近的几株都是我们的朋友，哪一株大，哪一株小，哪一株颜色深，哪一株颜色浅，我们都再熟悉不过。园边一排树中，有一株很高大，花的颜色也深，原来不求甚解地以为它是榆叶梅中的一种。今年才知道，这是一棵朱砂碧桃。"天上碧桃和露种"，当然是名贵的，它若知我一直把它看作榆叶梅，可能会大大地不高兴。

紧接着便是那若有若无的幽香，提醒着丁香上场了。窗下的一株已伴我四十余年。以前伏案写作时只觉香气直透毫端，花墙边的一株是我手植，现在已高过花墙许多。几树丁香都不是往年那种微雨中淡淡的情调，而是尽情地开放，满树雪白的花，简直是光华夺目。我已不再持毫，缠绕我的是病痛和焦虑，幸有这光亮和香气，透过黑夜，沁进窗来，稍稍抚慰着我不安的梦。

我们为病所拘，只能就近寻春。以为看不到玉兰和海棠了。不想，旧地质楼前忽见一株海棠正在怒放，迎着我们的漫步。燕园本来有好几株大海棠，不知它们犯了何罪，

"文革"中统被砍去,现在这一株大概是后来补种的。海棠的花最当得起花团锦簇这几个字。东坡诗句"只恐夜深花睡去,故烧高烛照红妆",照的就是海棠。海棠虽美,只是无香,古人认为这是一大憾事。若是无香要扣分,花的美貌也可以平均过来了。再想想,世事怎能都那么圆满。又一天,走到临湖轩,见那高松墙变成了短绿篱,门开着,便走进去,晴空中见一根光亮的蛛丝在袅动,忽然想起《牡丹亭》中那句"袅晴思,吹来闲庭院,摇漾春如线"。这句子可怎么翻译,我多管闲事地发愁。上了台阶,本来是空空的庭院,现在觉得眼睛里很满,原来是两株高大的玉兰,不知何时种的。玉兰正在开花,虽已过了最盛期,仍是满树雪白。那白花和丁香不同,显得凝重得多。地下片片落花也各有姿态,我们看了树上的花,又把脚下的花看了片刻。

蔡元培像旁有一株树,叶子是红的,我们叫它红叶李,从临湖轩出来走到这里,忽见它也是满树的花。又过了两天,再去寻问,已经一朵花也看不见了。真令人诧异不止。

"我一生儿,爱好是天然"。花朵怎能老在枝头呢。万物消长是大自然的规律。柳絮开始乱扑人面。我和仲走在小路上,踏着春光,小心翼翼地,珍惜地。不知何时,那棵朱砂碧桃的满树繁花也已谢尽，枝条空空的，连地上也不见花瓣。别的花也会跟着退场的。有上场，有退场，人，也是一样。

紫藤萝瀑布

我不由得停住了脚步。

从未见过开得这样盛的藤萝,只见一片辉煌的淡紫色,像一条瀑布,从空中垂下,不见其发端,也不见其终极,只是深深浅浅的紫,仿佛在流动、在欢笑、在不停地生长。紫色的大条幅上,泛着点点银光,就像迸溅的水花。仔细看时,才知那是每一朵紫花中的最浅淡的部分,在和阳光互相挑逗。

这里春红已谢,没有赏花人群,也没有蜂围蝶阵。有的就是这一树闪光的、盛开的藤萝。花朵儿一串挨着一串,一朵接着一朵,彼此推着挤着,好不活泼热闹!

"我在开花!"它们在笑。

"我在开花!"它们嚷嚷。

每一穗花都是上面的盛开，下面的待放。颜色便上浅下深，好像那紫色沉淀下来了，沉淀在最嫩最小的花苞里。每一朵盛开的花像是一个张满了的小小的帆，帆下带着尖底的舱。船舱鼓鼓的，又像一个忍俊不禁的笑容，就要绽开似的。那里装的是什么仙露琼浆？我凑上去，想摘一朵。

但是我没有摘。我没有摘花的习惯。我只是伫立凝望，觉得这一条紫藤萝瀑布不只在我眼前，也在我心上缓缓流过。流着流着，它带走了这些时一直压在我心上的关于生死的疑惑，关于疾病的痛楚。我浸在这繁密的花朵的光辉中，别的一切暂时都不存在，有的只是精神的宁静和生的喜悦。

这里除了光彩，还有淡淡的芳香，香气似乎也是浅紫色的，梦幻一般轻轻地笼罩着我。忽然记起十多年前家门外也曾有过一大株紫藤萝，它依傍一株枯槐爬得很高，但花朵从来都稀落，东一穗西一串伶仃地挂在树梢，好像在察言观色，试探什么。后来索性连那稀零的花串也没有了。园中别的紫藤花架也都拆掉，改种了果树。那时的说法是，花和生活腐化有什么必然关系。我曾遗憾地想：这里再看不见藤萝花了。

过了这么多年，藤萝又开花了，而且开得这样盛、这样密，紫色的瀑布遮住了粗壮的盘虬卧龙般的枝干，不断地流着，流着，流向人的心田。

　　花和人都会遇到各种各样的不幸，但是生命的长河是无止境的。我抚摸了一下那小小的紫色的花舱，那里满装生命的酒酿，它张满了帆，在这闪光的花的河流上航行。它是万花中的一朵，也正是由每一个一朵，组成了万花灿烂的流动的瀑布。

　　在这浅紫色的光辉和浅紫色的芳香中，我不觉加快了脚步。

丁香结

今年的丁香花似乎开得格外茂盛，城里城外，都是一样。城里街旁，尘土纷嚣之间，忽然呈出两片雪白，顿使人眼前一亮，再仔细看，才知是两行丁香花。有的宅院里探出半树银妆，星星般的小花缀满枝头，从墙上窥着行人，惹得人走过了还要回头望。

城外校园里丁香更多。最好的是图书馆北面的丁香三角地，种有十数棵白丁香和紫丁香。月光下白的潇洒，紫的朦胧。还有淡淡的幽雅的甜香，非桂非兰，在夜色中也能让人分辨出，这是丁香。

在我住了断续近三十年的斗室外，有三棵白丁香。每到春来，伏案时抬头便看见檐前积雪。雪色映进窗来，香气直透毫端。人也似乎轻灵得多，不那么浑浊笨拙了。

从外面回来时，最先映入眼帘的，也是那一片莹白，白下面透出参差的绿，然后才见那两扇红窗。我经历过的春光，几乎都是和这几树丁香联系在一起的。那十字小白花，那样小，却不显得单薄。许多小花形成一簇，许多簇花开满一树，遮掩着我的窗，照耀着我的文思和梦想。

古人词云"芭蕉不展丁香结"，"丁香空结雨中愁"。在细雨迷蒙中，着了水滴的丁香格外妩媚。花墙边两株紫色的，如同印象派的画，线条模糊了，直向窗前的莹白渗过来。让人觉得，丁香确实该和微雨连在一起。

只是赏过这么多年的丁香，却一直不解，何以古人发明了丁香结的说法。今年一次春雨，久立窗前，望着斜伸过来的丁香枝条上一柄花蕾。小小的花苞圆圆的，鼓鼓的，恰如衣襟上的盘花扣。我才恍然，果然是丁香结！

丁香结，这三个字给人许多想象。再联想到那些诗句，真觉得它们负担着解不开的愁怨了。每个人一辈子都有许多不顺心的事，一件完了一件又来。所以丁香结年年都有。结，是解不完的；人生中的问题也是解不完的。不然，岂不太平淡无味了么？

小文成后一直搁置,转眼春光已逝。要看满城丁香,需待来年了。来年又有新的结待人去解——谁知道是否解得开呢。

好一朵木槿花

又是一年秋来，洁白的玉簪花挟着凉意，先透出冰雪的消息。美人蕉也在这时开放了。红的黄的花，耸立在阔大的绿叶上，一点不在乎秋的肃杀。以前我有"美人蕉不美"的说法，现在很想收回。接下来该是紫薇和木槿。在我家这以草为主的小园中，它们是外来户。偶然得来的枝条，偶然插入土中，它们就偶然地生长起来。紫薇似娇气些，始终未见花。木槿则已两度花发了。

木槿以前给我的印象是平庸。"文革"中许多花木惨遭摧残，它却得全性命，陪伴着显赫一时的文冠果，免得那钦定植物太孤单。据说原因是它的花可食用，大概总比草根树皮好些吧。学生浴室边的路上，两行树挺立着，花开有紫、红、白等色，我从未仔细看过。

近两年木槿在这小园中两度开花,不同凡响。

前年秋天,我家刚从死别的悲痛气氛中缓过气来不久,又面临了少年人的生之困惑。我们不知道下一分钟会发生什么事,陷入极端惶恐中。我在坐立不安时,只好到草园踱步。那时园中荒草没膝,除我们的基本队伍亲爱的玉簪花外,只有两树忍冬,结了小红果子,玛瑙扣子似的,一簇簇挂着。我没有指望还能看见别的什么颜色。

忽然在绿草间,闪出一点紫色,亮亮的,轻轻的,在眼前转了几转。我忙拨开草丛走过去,见一朵紫色的花缀在不高的绿枝上。

这是木槿。木槿开花了,而且是紫色的。

木槿花的三种颜色,以紫色最好。那红色极不正,好像颜料没有调好;白色的花,有老伙伴玉簪已经够了。最愿见到的是紫色的,好和早春的二月兰、初夏的藤萝相呼应,让紫色的幻想充满在小园中,让风吹走悲伤,让梦留着。

惊喜之余,我小心地除去它周围的杂草,作出一个浅坑,浇上水。水很快渗下去了。一阵风过,草面漾出绿色的波浪,薄如蝉翼的娇嫩的紫花在一片绿波中歪着头,带点调皮,却丝毫不知道自己显得很奇特。

去年,月圆过四五次后,几次洗劫的小园又一次遭受磨难。园旁小兴土木,盖一座大有用途的小楼。泥土、砖块、钢筋、木条都堆在园里,像是零乱地长出一座座小山,把植物全压在底下。我已习惯了这类景象,知道毁去了以后,总会有新的开始,尽管等的时间会很长。

没想到秋来时,一次走在这崎岖山路上,忽见土山一侧,透过砖块钢筋伸出几条绿枝,绿枝上,一朵紫色的花正在颤颤地开放!

我的心也震颤起来,一种悲壮的感觉攫住了我。土埋大半截了,还开花!

土埋大半截了,还开花!

我跨过障碍,走近去看这朵从重压下挣扎出来的花。仍是娇嫩的薄如蝉翼的花瓣,略有皱褶,似乎在花蒂处有一根带子束住,却又舒展自得,它不觉环境的艰难,更不觉自己的奇特。

忽然觉得这是一朵童话中的花,拿着它,任何愿望都会实现。因为持有的,是面对一切苦难的勇气。

紫色的流光抛撒开来,笼罩了凌乱的工地。那朵花冉冉升起,倚着明亮的紫霞,微笑地俯看着我。

今年果然又有一个开始。小园经过整治,不再以草为主,所以有了对美人蕉的新认识。那株木槿高了许多,枝繁叶茂,但是重阳已届,仍不见花。

我常在它身旁徘徊,期待着震撼了我的那朵花。

它不再来。

即使再有花开,也不是去年的那一朵了。也许需要纪念碑,纪念那逝去了的,昔日的悲壮?

灵魂在走，与脚下行程无关

　　山水沿途，可以看看风景。那些稍纵即逝的曼妙风景，有些很快会从记忆里抽离；有些亘古绵长，在很久以后依然可以带着微笑回忆。

山溪
——小五台景区即景

　　山溪，喧嚷的山溪，从峻峭的悬崖下流过，从对峙的双峰中流过，从飘着竞赛红旗的小村边流过。不管道路多么崎岖曲折，有多少大大小小的石头阻挡。——那些石头呵，有的恰似一只大蚌，有的宛如纵身欲跳的大蛤蟆，有的简直就像一座小楼。在月夜下，是可以排演整整一出童话剧的。山溪并没有注意这些，它一脚高一脚底，一脚深一脚浅，忽然飞流直泻，忽然波平如镜，只管大声叫着，笑着，一路奔腾前进。

　　我爱这喧哗的声音。这声音包含着多么丰富的旋律。看：那乱石砌成的齐整的园中，长着从山下移植过来的核桃树；那奇峰突起的崖边，开垦了两个方桌那样大的土地，高插的木牌说明这是一块试验田。山溪的最高音是在山更深处，那一带有走不完的原始森林，葱葱郁郁。从远处看，显得那样茂密，树顶简直可以开过十万大军；从林中看，连太阳的足迹也寻找不见，只是绿沉沉的一片。

山溪，喧嚷的山溪。它的声音叫我们不要在这一片深绿中迷失。沿着它，走到了林业工人的宿营地。冬天，白雪一直堆到窗前，工人们围着通红的炉火，讨论采伐计划直到深夜。

山溪的喧闹淹没了虎豹的吼声。春天，溪边开满乳白的铃兰，浅紫的二月兰，还有那不知名的万点繁星似的一片片小黄花。年轻的管林员笑着说："这水流得多热闹！我们就要从这山沟里开出路去，用大石头作路基，把国家这些绿色的金子送到需要它们的地方。"

山溪，喧嚷的山溪。是的，沿着它冲出来的这条沟壑，英挺的云杉、亭亭如华盖的落叶松、山杨、河杨，都将陆续出山，参加伟大祖国的建设。

我爱这喧哗的声音，它诉说着平凡的山溪的决心，这决心，是我们的林业工人赋予的。

墨城红月

一过兴安岭，觉得天气猛然一凉。车窗外不再是无边的青纱帐了，先是些高高低低的灌木丛，再过去，就是均匀的绿色。这就是呼伦贝尔草原么？我其实来过，却又似乎不认识。直到看见那黑色的，又有些透明的河水，才恍然，确实又来到草原上了。

不知为什么，这里的大大小小的河水都有那样一种黑色，它一点不浑浊，只显得有些冷，有些重。但它自己一点不觉得，只顾流着。草原上的中心城市海拉尔，意思是"墨城"，我第一次来时，觉得很奇怪，这个新兴的城和墨哪里有什么关系。这一次，我从河水又认识了草原，便猜想，墨城的名字，可能是从河水而来的吧。

墨城（海拉尔）便在这样一条河旁。河上有大桥把新旧市区连接起来，这次旅行。喜欢活动的我，为病所拘，不曾出去活动，只管坐着看天。有时在桥上闲步，水么，只是流，已经知道它的特点了，便也还是看天。不料从天上，竟也看出一些名目。

这天是草原上的天。草原毫无遮拦，这样开阔，这样坦率，只是一个劲儿的绿。天呢，却是变化多端。可能是气候作怪，它常常显得离地很近，有时站在四不靠的草原上，总觉得天还是可以用手摸到的。在大桥上看日落，真是"远在天边，近在眼前"了。太阳如同从炉中锻出的炽热的铁，红得发白。沉下去以后，天边还久久地染着余光。我便想，那一块天，一定是很烫很烫。

那云也奇怪。它仿佛不在天上，而在地上，应该说，就是在那天和地的交界上。像要往上飘，又像要往下落，让人摸不着头脑。有时乌云密布，天阴沉沉的，滴得下水来。忽然间，云在空中活动起来，大块大块地往天边滑去，太阳马上就光灿灿的，照得人睁不开眼。天也骤然升高了，就是飞，也难得上去了。那些云，都集中到一堆，落到天地的边缘上，好像是谁在那儿刷了一笔浓墨。想来那里一定会下大雨，让丰盛的草原畅饮一番。再等一会儿，这一"笔"勾销了，却又在天的另一边，添上了一笔。这看不见的笔挥来挥去,云层就汹涌而来,呼啸面去,忙个不停。那施云童子,布雾郎君,以及四海的龙王爷,在这一带的任务似乎特别繁忙,我真替他们累得慌呢。

一个傍晚,千变万化的落照已经过了。只在天地间有一道明亮的红云,直从暮色中透过来。我站在桥上望着它,等它隐去,然而它竟不,只执拗地横在那里。等着等着,云层中忽然起了一团红光,像是个正燃烧的火球,滚了一阵,又倏地消失了。紧接着,一个火球又是一个火球,都是那样闪着红光,滚滚而逝。正在看得有趣,听见有人说:"打雷啦,闪电啦,可该回家啦。"回头一看,见是个年老的牧民,牵着一匹肥壮的马,准也是要回家。望着我亲切地笑着。我便也向他笑笑,往住处走去,一路还回头去看那云后的闪电。

过了几天,便是中元节。我的看天的兴趣也达到了顶峰。因为那月亮更是奇怪。它从草原的尽头升起时,简直大得吓人,足像个汽车轮子——当然比汽车轮子好看。它照着刚被黑夜笼罩的绿的草原,显出一种淡黄的颜色。周围有轻云缠绕,引人深思。行到中天,便全没有了那种朦胧的气氛,十分明亮,十分光洁。照得上下左右,成了一片通明的世界。让人看了,胸中再存不住半点杂念。等到将落未落时，却又变成朱红的颜色，在碧沉沉的天空里，红得那样含蓄，那样润泽。记得听人唱过一个民歌，其中有"天上的红月亮"的句子，觉得奇怪，月亮哪有红的呢，最多是黄的。在这里，知道了月亮真有红的，而且是这样的红，那颜色是活泼的，流动的，仿佛它正在红着……

曾和几位考古学家一同步月，他们用洞察过去的眼光看出这月光下的旷野应该是古战场。这一代民族复杂，地居险要，一向是争战的场所。然而那确都已成了过去。草原，在民族大家庭里劳动着，成长着。在桥头，又看见那老牧民，还是牵着那肥壮的马，大步走着。我们像老相识似的攀谈了许久。他小声告诉我："咱盟里今年的牲畜，比去年增加了几十万头。"我看着他，高兴而又惊异。他，这个满面风霜的老人，关心的是整个草原的兴旺。扭转乾坤的不就是他，许许多多的他吗？

月光照着他骑马向草原上驰去，我也没有问他家住在哪儿。月亮会知道的吧？它默默地照了几千年几万年了。它知道今天的考古学家们将来也会被别人考古，而它也知道这个时代的人怎样在有限的生命里热情地、努力地创造着无限的历史。

我久久不能入睡。推开窗户,等着看那碧天红月的奇景。草原是多么辽阔,天空是多么明净,我们的祖国是多么美,多么好,便连月亮,也是红的呵!

西湖漫笔

平生最喜游山逛水。这几年来,很改了不少闲情逸致,只在这山水上头,却还依旧。那五百里滇池粼粼的水波,那兴安岭上起伏不断的绿沉沉的林海,那开满了各色无名的花儿的广阔的呼伦贝尔草原,以及那举手可以接天的险峻的华山……曾给人多少有趣的思想,曾激发起多少变幻的感情。一到这些名山大川异地胜景,总会有一种奇怪的力量震荡着我,几乎忍不住要呼喊起来:"这是我的伟大的、亲爱的祖国——"

然而在足迹所到的地方,也有经过很长久的时间,我才能理解、欣赏的。正像看达·芬奇的名画《永远的微笑》,我曾看过多少遍,看不出她美在哪里;在看过多少遍之后,一次又拿来把玩,忽然发现那温柔的微笑,那嘴角的线条,那手的表情，是这样无以名状的美，只觉得眼泪直涌上来。山水，也是这样的，去上一次两次，可能不会了解它的性情，直到去过三次四次，才恍然有所悟。

我要说的地方，是多少人说过写过的杭州。六月间，我第四次去到西子湖畔，距第一次来，已经有九年了。这九年间，我竟没有说过西湖一句好话。发议论说，论秀媚，西湖比不上长湖，天真自然，楚楚有致；论宏伟，比不上太湖，烟霞万顷，气象万千——好在到过的名湖不多，不然，不知还有多少谬论。

奇怪得很，这次却有着迥乎不同的印象。六月，并不是好时候，没有花，没有雪，没有春光，也没有秋意。那几天，有的是满湖烟雨，山光水色，俱是一片迷蒙。西湖，仿佛在半醒半睡。空气中，弥漫着经了雨的栀子花的甜香。记起东坡诗句："水光潋滟晴方好，山色空蒙雨亦奇。"便想，东坡自是最了解西湖的人，实在应该仔细观赏、领略才是。

正像每次一样，匆匆地来，又匆匆地去。几天中我领略了两个字，一个是"绿"，只凭这一点，已使我流连忘返。雨中去访灵隐，一下车，只觉得绿意扑眼而来。道旁古木参天，苍翠欲滴，似乎飘着的雨丝儿也都是绿的。飞来峰上层层叠叠的树木，有的绿得发黑，深极了，浓极了；有的绿得发蓝，浅极了，亮极了。峰下蜿蜒的小径，布满青苔，直绿到了石头缝里。在冷泉亭上小坐，直觉得遍体生凉，心旷神怡。亭旁溪水铮淙，说是溪水，其实表达不出那奔流的气势，平稳处也是碧澄澄的，流得急了，水花飞溅，如飞珠滚玉一般，在这一片绿色的影中显得分外好看。

西湖胜景很多，各处有不同的好处，即便一个绿色，也各有不同。黄龙洞绿得幽，屏风山绿得野，九曲十八涧绿得闲……不能一一去说。漫步苏堤，两边都是湖水，远水如烟，近水着了微雨，泛起一层银灰的颜色。走着走着，忽见路旁的树十分古怪，一棵棵树身虽然离得较远，却给人一种莽莽苍苍的感觉，似乎是从树梢一直绿到了地下。走近看时，原来是树身上布满了绿茸茸的青苔，那样鲜嫩，那样可爱，使得绿荫荫的苏堤，更加绿了几分。有的青苔，形状也有趣，如耕牛，如牧人，如树木，如云霞；有的整片看来，布局宛然，如同一幅青绿山水。这种绿苔，给我的印象是坚忍不拔，不知当初苏公对它们印象怎样。

在花港观鱼，看到了又一种绿。那是满池的新荷，圆圆的绿叶，或亭亭立于水上，或宛转靠在水面，只觉得一种蓬勃的生机，跳跃满池。绿色，本来是生命的颜色。我最爱着初春的杨柳嫩枝，那样鲜，那样亮，柳枝儿一摆，似乎蹬着脚告诉你，春天来了。荷叶，则要持重一些，初夏，则更成熟一些，但那透过的活泼的绿色表现出来的茁壮的生命力，是一样的。再加上叶面上的水珠儿滴溜溜滚，简直好像满池荷叶都要裙袂飞扬，翩然起舞了。

从花港乘船而回，雨已停了，远山青中带紫，如同凝住了一段云霞。波平如镜，船儿在水面上滑行，只有桨声欸乃，愈增加了一湖幽静。一会儿摇船的姑娘歇了桨，喝了杯茶，靠在船舷，只见她向水中一摸，顺手便带上一条欢蹦乱跳的大鲤鱼。她自己只微笑着一声不出，把鱼甩在船板上。同船的朋友看得入迷，连连说，这怎么可能！上岸时，又回头看那在浓重暮色中变得无边无际的白茫茫的湖水，惊叹道："真是个神奇的湖！"

我们整个的国家，不是也可以说是神奇的么？我这次来领略到的另一个字，就是"变"。和全国任何地方一样，隔些时候去，总会看到变化，变得快，变得好，变得神奇。都锦生织锦厂在我印象中，是一个窄狭的旧式的厂子。这次去，走进一个花木葱茏的大院子，我还以为找错了地方。技术上、管理上的改进和发展就不用说了。我看到织就的西湖风景，当然羡慕其织工精细，但却想，怎么可能把祖国的锦绣河山织出来呢？不可能的。因为河山在变，在飞跃！最初到花港时，印象中只是个小巧曲折的园子，四周是一片荒芜。这次却见变得开展了，加了好几处绿草坪，种了许多叫不上名字来的花和树，顿觉天地广阔了许多，丰富了许多。那在新鲜的活水中游来游去的金鱼们，一定会知道得更清楚罢。据说，这一处观赏地原来只有二亩，现在已有二百一十亩。我和数字是没有什么缘分的，可是这次我却深深地记住了。这种修葺，是建设中极次要的一部分，从它，可以看出更多的东西……

更何况西湖连性情也变得活泼热闹了，星期天，游人泛舟湖上，真是满湖的笑，满湖的歌！西湖的度量，原也是容得了活泼热闹的。两三人寻幽访韵固然好，许多人畅谈畅游也极佳。见公共汽车往来运载游人，忽又想起东坡在密州出猎时写的一首《江城子》："老夫聊发少年狂。左牵黄，右擎苍。锦帽貂裘，千骑卷平冈。"想来他在杭州，当有更盛的情景吧？那时是"倾城随太守"，这时是每个人在公余之暇，来休息身心，享山水之乐。这热闹，不更千百倍地有意思么？

希腊画家亚伯尔曾把自己的画放在街上，自己躲在画后，听取意见。有一个鞋匠说人物的鞋子画得不对，他马上改了。这鞋匠又批评别的部分,他忍不住从画后跑出来说,你还是只谈鞋子好了。因为对西湖的印象究竟只是浮光掠影,这篇小文,很可能是鞋匠的议论,然而心到神知,想西湖不会怪我唐突罢?

鸣沙山记

西行归来很久了,有些印象已经淡漠;也有些印象经过时间的酿造,轮廓反更分明,意思也更浓郁。这从记忆里时常浮现的画面之一,是鸣沙山。

鸣沙山在敦煌市城南。我们下榻在城东。城东果木成荫,绿色满眼,和华北的夏日无异。可是驱车不到半小时,下得车来。我忽然发现自己落入了沙的世界。眼前是一座沙山,脚下是厚厚的积沙,沙粒很细,踩上去如同在海滩行走。也许亿万年前,这里曾是海底罢。

眼前的沙山就是鸣沙山了。当时是晚上八时许,正值黄昏,那天天色似不很晴朗,在灰暗的天空下,巨大的沙山默默地站着,显得孤寂而遥远,山光光的,除了数不尽的细沙。什么也没有。因为有山,甚至也没有沙漠的瀚海无垠的气魄。但是好像有一种什么力量，使我们都肃然。那感觉不是空间上的，而是时间上的。时间退回到遥远的遥远的过去，那时生命还没有发生，没有动物的踪迹，也没有植物的覆被。有的只是永恒的静谧，和对未来的期待。

我们在沙漠上走，把鞋子拿在手中。风从耳边吹过，我看见风也向沙山上吹着，在半山腰把沙粒向上扬起，似乎是帮助沙山长得更高。我恍然，风若总是从这个方向这样吹，自不会湮没山脚下的泉水。

鸣沙山脚下有一个月牙泉，是与山齐名的。我们走了一段路再向右转，便有见四面黄沙之中那一弯明亮的水。水面据说较前小多了，也浅多了，但还清澈。水边有几株芦苇。大有江南水乡的意味。对岸有几处断墙残壁，那是以前庙宇的遗迹；还有一株枯树，巍然处于瓦砾之中。这一切，很像一幅纸色已经发黄，笔墨也已模糊的古画。这时有一个并没有骑驴的壮年人，安详地走进这幅画面，一点不理会这边的笑嚷，只顾穿过废墟，一直向远处走去。

"他一个人，往哪儿去？"我不禁问，望着远处的山，山那边当然还有山。

没有人能回答，我也不能去问个究竟。于是这孤寂的投向洪荒的身影，便和碧水黄沙一起，在记忆中留了下来。

这时天色更暗,鸣沙山显得更高了,仿佛离天空很近。风扬起细沙,在山腰形成一团团烟雾,又飘飘扬扬地散了。我转身向山脚走去。把伙伴们留在泉边。我真想爬上沙山,再从山上滑下来,据说就可以听到沙粒相撞的声音,但我还是适可而止了。我孤零零地站在山脚下,举目尽是灰色的沙,心中充满莫名其妙的喜悦。那感觉好像是在白茫茫的雪原上,正想扑进雪里抚摸雪的清凉,又如同在浩漫漫的大海边,正想站在起伏的海浪上随着波涛远去。我几乎跪下来拥抱大地!拥抱这孕育着生命,哺育着人类的整个的大地!大地的景色多么丰富,多么幻妙,多么奇,又多么美!这里有塞北的荒凉和江南的妩媚,有山的静止和水的流动,两种情调极不相同的美互相对照,互相辉煌,互相联结,成为一体。我想长啸,听一听沙山和清泉的回响,我想大喊,呼叫那投向洪荒的寂寞的人。

"我们在这里!"我喊着,当然,连在月泉边的伙伴也听不见,更何况那远去的人。

我们确实在这里。我们在这里生活、战斗、成长。戈壁滩上有一座锁阳城遗址,据说现在夜晚仍有厮杀呐喊之声,记录着人类文明发展的敦煌文化,现在仍在呼吸,仍在散发着光辉。我看见那妙相庄严的菩萨,才忽然懂得"容光照人"这四个字。我看着著名的三兔藻井,真觉得画中的云在旋转、流动,就像眼前灰暗的天空上,大片的,缓缓流动着的,活着的云一样。

我们在这里。我们还要在这里长久地、更好地生活下去。

归途上大家踩着坎坷不平的阡陌,不觉议论道,千万不该在这样的山川中开这几亩不打粮食的田地。还抽用月牙泉水来浇田!做了多年的不肖子孙,现在总该明白一点了罢。

我不时回头,看那孤身远去的人是否赶了上来。沙山在渐浓的夜色中更显得巨大、沉重,沙粒仍然在山腰飘扬旋转,落到沙山上去。

"我们在这里。"我默默地说。

恐再无来鸣沙山的机缘了。我愿听到它的消息,使这一片景色在我的记忆中,苍茫的更苍茫,妩媚的更妩媚……

爬山

我喜欢爬山。

山，可不是容易亲近的。得有多少机缘凑合，才能来到山的脚下。谁也不能把山移在家门前。它不像书，无论内容多么丰富高深，都可以带来带去，枕边案上，随时可取。置身于山脚后，也才是看到书的封面。或瑰丽，或淡雅，或雄伟，或玲珑，在这后面，蕴藏着不可知。若要见到每一页的景色，唯一的办法，是一步步走。

山是老实的。山也喜欢老实的、一步一步走着的人。

我们开始爬山。路起始处有几户人家，几棵大树，一点花草，点缀着这座光秃秃的山。向上伸展着的路，黄土白石，很是分明。到了一定的高度，便成为连续不断的"之"字形，从这面山坡转过去，不知通向哪里。

"云水洞在哪儿？"侄辈问村舍边的老汉。

"在那后面。"老汉仰首指着邻近山峰上的三根电线杆。"还在那杆后面。"他看看我们，笑道："上吧！"

山路不算险，但因没有修整，路面崎岖，很难行走。我爬到半山腰，已觉气喘吁吁。转身不需要仰首，便见对面山上云雾缭绕，山脚的几户人家，也消失在那一点绿荫中了。

"能上去么？"家人问。

当然能的。我们略事休息，继续攀登。又走了一段，我心跳，头也发胀，连忙摸摸衣袋中的硝酸甘油，坐了下来。"不去了，好么？"家人又问。

当然要去的！只要多休息，从容些就行。我们逐渐升高，山顶越来越近了。

已经有下山的人，他们是从另一侧上去的。"还有多远？"上山的人总爱问。"不远了，快一半了。""值得看，那洞像天文馆一样。"下山的人说。在同一条山路上，互不相识的人总是互相关心，互相鼓励的。虽然在人生的道路上，并不尽然。

转过了山头，一条陡峭的路依着山峰向上爬去，尽管不像黄山、华山的有些路那样笔直地挂着，却因路面难于下脚，使得爬山很像爬山。

翻过山头，便是下坡路了。可以看见对面山头上的三根电线杆，而无须仰首了。这山头后面的山腰中有两间小屋，一前一后。"那里就是了！"有人叫起来。大家为之精神一振，人们加快了脚步。我还是一步步有节奏地走着。山坳里不再光秃秃，森然的树木送来清凉的空气。走着走着，深深的山谷中忽然出现一堵高大的断墙，巨石一块块摞着，好像随时会倒下来。不知经过了多少年月，多少水流风力和地壳的变化，叠成了这堵墙，这倒有点像黄山的景色。我忽然想起，去年今日，我正在黄山的云海中行走。

对云水洞的向往阻止了关于黄山的回忆。我们终于到了。一路风景平淡，洞外更像个集市，乱哄哄都是人。洞里会是怎样？因为谁也不曾到过这类的洞，大家都很兴奋。进洞了。甬道不宽，地下湿漉漉的，洞顶也在滴水。灯光很弱，显得有些神秘。

前面的人忽然发出一阵惊叹之声，我们进入了一个大厅堂。头上是一个大圆顶，这样的高大！似乎山也没有这样高。"那么山是空的了。"谁说了一句。我们还没有来得及惊叹，灯光灭了，眼前漆黑一片，惊叹声变作惋惜的叹声。如果罩住我们的穹隆能像天文馆的圆顶，发出光来就好了。没有光，什么也看不见。我觉得头上便是黑夜的天空本身，亿万年前便笼罩着大地的天空本身。而我们是在山的内部！人流向前进了。我们模糊地觉得有几块大石，矗立在路边。卧虎？翔龙？还是别的什么？只好想象。有的时候，身在现场也需要想象的。

我们看到石的帐幔，又是这样高大！像是它撑住了黑色的天空。看到洞顶垂下的石钟乳，如同小小的瀑布；听讲解员敲了几下石鼓、石钟，鼓声浑厚，钟声清亮，却不知它们的形状。看得最清楚的，是路边的一只骆驼。它站在那里，不知有几千万年了。第五厅较小，身旁石壁上缀满了闪亮的雪花，头顶垂着的一穗穗玉米，不知出自哪一位能工巧匠之手。等我们赶到第六厅——最后一厅时，看到了一座座玲珑剔透的山峰，在明亮的灯光下，宛如仙境。据说这里有十八罗汉像。又是正要惊叹时，灯倏地灭了，只好慨叹缘悭，不得识罗汉面。但是得睹仙山，也算是到了西天吧。

限于时间，不能等下一次开灯。虽然只匆匆一瞥，那

-153

宏伟、那奇特、那黑暗都留在了我的眼前。回来的路上，大家仍兴奋地谈说，只因没有看全，稍有些遗憾。我却满意这番见识。这番见识，是靠一步步走，才得到的。

我们又一步步下了山。山脚的老汉在路边摆出许多块上水石。他问："上去了？"我对他笑。要知道，比这高得多的山我也上去了呢，无非一步步走而已。

车上人都睡了。我不由得又想起黄山上的那几天。那一次医生原不批准我上山，见我心诚，才勉强同意。我也准备半途而废的。到慈光阁的路上，只是一般山景，已经累了。上了庙后的从容亭，忽觉豁然开朗，远处的大谷，露出宽阔的石壁，如同在敞开胸怀，欢迎每一个来客。小路便沿着这雄伟的山谷，向上，向上，消失在云雾中。谁能在这里止步呢？而且那"从容"两字用得多好！我常觉黄山的文化修养较差，是件憾事。这两个字，却是我一直不忘的。

到半山寺，我已抬不起脚。猛抬头，看见天都峰顶的金鸡，是那样惟妙惟肖，顿时又有了力气。"上来吧！上来吧！"它在叫天门，也在召唤远方的陌生人。走吧，走吧，一步步从容地走，终究会到的。

上得蟠龙坡，才真算到了黄山。从这里开始，上下完全是两个世界。从坡顶远望，每一座山，都好像各自从地下拔起，不慌不忙地高耸入云。我恍然大悟，黄山，原是个大石林。站在没有遮拦的坡顶，罡风吹走了下界的一切烦恼，奇丽的景色涤荡着心胸，只觉得眼前这般开阔，心上了无牵挂，毫无纤尘，真如明镜台了。怪不得庙宇、庵、观都选在奇峰异壑，才能修身养性呢。

记得在玉屏楼那晚，本想出来看月的。前两天汤溪的夜，真是月明如洗。只是房中人太多，我在最里面，走不出来。只好从一个狭窄的窗中，对着黑黝黝的大石壁，想象着月下的群山怎样模糊了轮廓，而群山上的月，又是怎样格外明亮，格外皎洁。

半途而废的计划取消了。我继续一步一步向上爬。忽见远处一片明亮的水，中间隐现城池。我以为那是"人寰处"了。被问的人大笑，说那便是著名的云海，只可惜浅了些，所以露出些峰峦。我坐定了观赏，见它波涛起伏，真像大海一般，但它究竟是云，看上去虚无缥缈，飘飘荡荡，与大海的丰富沉着，是两般风味。黄山是山，山中划分区域，以海为名，最初想到这样命名的，也算得聪明人了。

—155

我一步步走着。看那大鳌鱼，那样大，那样高，那样远。我终于钻进了它的腹中，又从嘴里出来了。我在平天石工上漫步，在东海门流连。我走的是现成的路，是别人一步步走出来的现成的路。徐霞客初到黄山时，是用锄凿冰，凿出一个坑，放上一只脚。如果在现成的路上还不能走，未免惭愧。当然，若是无心山水，当作别论。

我登上了始信峰，那是我登山的最终极处。这峰较小，却极秀丽，只容一人行走的窄石桥下，深渊无底。远看石笋石工，真如春笋出土，在悄悄地生长。峰顶是一块大石，石上又有石，我没有想到，上面又写着"从容"二字。

我从容地下了山。因为未上天都，有人为我遗憾。想来我虽不肯半途而废，却肯适可而止，才得以从容始，又以从容终。

后来一直想写一段关于黄山的文字，又怕过于肤浅，得罪山灵。不料从小小上方山的浮光掠影中联想到去年今日。无论怎样的高山，只要一步步走，终究可以到达山顶的。到达山顶的乐趣自不必说，那一步步地走的乐趣，也不是乘坐直升飞机能够体会到的。

于是又想到把写文章比作爬格子的譬喻。林黛玉有话：还得一笔笔地画。薛宝钗评论说这话妙极，不一笔一笔地画，可怎么画出来了呢。文章也是一个字一个字写的。不在格子上爬，可怎么写出来了呢。

不一步步爬，可怎么上山呢。

我喜欢爬山。

三峡散记

我所见的三峡,从中峡巫峡始。

船从汉口开。那一天天色灰蒙蒙的;水色也灰蒙蒙的。在一片灰蒙蒙之间,长江大桥平静稳重地跨在龟蛇二山上。古色古香的黄鹤楼和现代化的二十层的晴川饭店遥相对峙。水面上忽然闪出一道亮光,摇着、跳着,往船头方向漾开去。一直到大桥那一边。原来云层里透出小半个灰白的太阳来。

船开了,追着水面跳荡的远去的阳光开行了。

大桥看不见了。两岸房屋越来越少,江面越来越宽,有一道绿边围着,极目前方,出口很窄,水天相接,长江从窄窄的天上流过来。等船驶近,原来也是十分宽阔。窄窄的水天相接的出口又移到远处了。于是又向前去穿过那窄的出口。

船行的次日中午过沙市，约停四五小时又起锚。直到黄昏，原野还是平阔，江流浩荡。暮色中更显得浑重。我想不出三峡是怎样开始的。便去问过来人。据说山势逐渐高起，过了宜昌才见分晓。日程表上写明第三日七时左右到下峡西陵峡，尽可放心休息。

半夜两点多钟，一阵喧闹的人声、哨声和拖铁链的声音把我惊醒。从窗中看出去，只见一堵铁壁挡在眼前，几乎伸手便可摸到。"到葛洲坝了！"我猛省，连忙起身出房。只见甲板上灯火辉煌，我们的船在船闸里。上下四层的船不及闸墙三分之一高，抬头觉得闸顶很远，那一块黑漆漆的天空更远。人们从船头走到船尾，又从船尾走到船头，互相招呼："要放水了！""要开闸了！"据说闸门每扇有两个篮球场大。等到船闸停满了船只，便开始放水。眼看着我们的船向上浮升，一会儿工夫，已不用仰望闸顶，只消平视了。紧接着闸门缓缓打开，"扬子江"号破浪前行，黑夜间，觉得风声水声灌满两耳。站在船尾看时，璀璨的葛洲坝灯火渐渐远去，终于消失在黑暗里。我心中充满了对人——我的同类的无限敬仰之情。只因有了人，万物之灵长的人，万物本身，包括这日夜奔腾不息的长江，才有各自的意义。

我自己却是愚蠢之物,过分相信日程表,以为离七点钟尚早,便又回房。等我再出来时,两岸有丘陵起伏,满心以为要到三峡了,不想伙伴们说:"西陵峡已经过了!屈原和昭君故里都过了!"

我好懊恼。"百里西陵一梦中。"我说。

可是没有时间懊恼或推敲诗句。船左舷很快出现一座山城,古旧的房屋依山势而建,层层叠叠,背倚高山,下临江水,颇觉神秘。这是寇莱公初登仕途,做县令的地方。大江东流,沿岸哺育了多少俊杰人物,有名的和无名的,使人在山水草木城郭之间总有许多联想。不只是地理的,而且是历史的,这是中国风景的特色。

天还是灰蒙蒙的,雨点儿在空中乱飞。据说这是标准的巫峡天气。我们在云雾弥漫中向前行驶。忽然面前出现两座奇峰,布满树木,呈墨绿色。江水从两山间流来。两山后还有山,颜色淡得多,披云着雾。江水在这山前弯过去了,真不知里面有多深多远!这就是巫峡东口了,只觉得一派仙气笼罩着山和水。人们都很兴奋,山水却显得无比的沉静,像一幅无言的画,等待人走进去。

船进入巫峡,江流顿时窄了许多。两岸峭壁如同刀削,插在水里。浑浊泥黄的江水形成一个个小漩涡，从船两边退去，分不清水究竟向哪个方向流。面前秀丽的山峰截断了江流，到山前才知道可以绕过去。绕过去又是劈开的两座结构奇特的山峰，峰后云遮雾掩，一座座峰颜色越来越淡，像是墨在纸上渗了开来。大家惊异慨叹，不顾风雨，倚在栏边，眼睛都不敢眨一眨。我望着从船旁退去的葱葱郁郁的高山，真想伸手摸一摸。这山似乎并不比船闸远多少。

据说神女峰常为云雾遮蔽，轻易不肯露面。人们从上船起便关心是否有缘得见。抬头仰望，只觉得巉岩绝壁压顶而来，令人赞叹之间不免惶悚。一个个各种名目的峡过去了，奇极了，也美极了。冷风挟着雨滴和山水一起迎接我们的船。"快看，快看！"大家互相指着叫着，"看到了！看到了！"看到的舒一口气，没看到的懊丧地继续伸长脖子。

我看到了。我早就知道神女会见我的。那山峰本来就峻峭秀奇，在云雾中似乎有飞腾之势。就在峰顶侧，站着一个窈窕女子，衣袂飘飘，凝神远望。怎能信她是块石头！再一想，她本是块石头，多亏了人，才化为仙女，得万人瞻仰；她才有她的事迹，得千古流传。薄薄的淡灰色的云纱缠绕着仙女和峰顶，云和山一起移动，人们回头看，再回头看，看不见了。

快到巫山时，一只货船自上流急驶而下，船上人大声喊着，听起来像歌一样萦绕在峡谷中。临近时才听清他喊的是"道谢了！道谢了！"原来是大船为免小船颠簸，放慢了速度。

"道谢了！道谢了！"喊声随着船远去了。忽然想起《水经注》上对巫峡的总结："巴东三峡巫峡长，猿鸣三声泪沾裳。"现在没有猿啼了。却有人的喊声在峡谷中撞击，充满了和自然搏斗的欢乐。

过了巫山县，驶过黛溪宽谷，便是上峡瞿塘峡。上峡只有八公里，仍是高山重障断岸千尺，很是雄浑壮伟，只不如中峡灵秀。出夔门时，据说滟滪堆就在脚下，还有传说为八阵图的礁石也炸掉了。人，当然是要胜过石头的。

五月四日上午到重庆。距一九四六年过此地，已是三十九年了。当时全家六人，如今只余其半。得诗一首志此："四十年前忆旧游，曾怀夙约在渝州。雾浓山转疑无路，月冷波回知有秋。似纸人情薄不卷，如云往事散难收。恸哭几度服缟素，销尽心香看白头。"

这里不是物是人非，物也大大变迁了。夜晚在码头候船。江中也有万家灯火，大小船只密密麻麻，好一派热闹气象。这晚皓月当空，距上次见此山城月，已近五百回圆了。

五日从重庆返回，顺江而下。次日上午到奉节停泊。有一小汽船带一座船，载我们到上峡中风箱峡看纤道。小船行驶在长江里，两岸的山显得格外高，直插入云，水中漩涡急转，深不可测。船行近一座峭壁，只见山侧有一道凹进去的沟，那就是从前的纤道了。《水经注》载过三峡下水五日，上水百日，可见其难。五十年代初上水还需半个月，也是人力为主。登石阶数百，可以站在纤道上，头顶山崖几乎不可直立。想当初拉纤人便是这样弯着身子逆水拖船的。这时人没有船的支撑，山势更显雄伟，脚下急流滚滚，真觉得个人不过渺如沧海之一粟。从峡口望进去，可以看到六层山色，最近的是黄，然后是深绿、绿、蓝灰、灰和在江尽处天下边的灰白，灰白后似乎还有什么，每个人可以自己在想象里补充。

我忽然想跳进江去，当然没有实行。其实真有机会一亲长江流水时，是绝不肯的。

回去时，小船正驶在江心，上游飞快地下来了一只货船。船上人高声喊着，还是唱歌一样。忽然一声巨响，船猛地歪了一下，许多人跌倒了，有的人头上碰出血来。两边船上都惊呼，又有人喊话，寂静的江心一时好不热闹。原来那货船把小汽船和我们的座船之间的缆绳撞断了。那货船仍在喊话，顺着急流转眼就不见了。下水船是停不住的。我们的座船在江心滴溜溜乱转。我正奇怪它到底要往哪边行驶，忽然发现它不能开，只能随旋转的水而旋转。不免心向下一沉。幸亏小汽船及时抛过缆绳，很快调整好了，平安驶回"扬子江"号。回船后大家都有些后怕。座船上没有任何工具，若冲下去，只有撞在礁石上粉身碎骨了。想来江流吞没的英雄好汉，不在少数。

而吞没的尽管吞没了，几千万年如水流去。人渐渐了解江河了，然而究竟又了解多少呢？

船在奉节停泊一夜，七日晨又进入三峡。水急船速，中午时分已到下峡。我因上水时错过了，便一直守在船栏边。一般的说法是上峡雄，中峡秀，下峡险。近年来下峡的巨石险滩多已除去，并无特别险阻之处了。眼前是叠峦秀峰，可以引出各种想象。不可仰视的断岸绝壁上有着斑斓的花纹，有的如波浪，有的如山峦，有的如大幅抽象派的画。繁复的线条和颜色，气势逼人，不可名状。这可以说是西陵峡的特色吧。但是我想不出一个准确的字来概括。大幅绝壁上面是葱葱郁郁的山巅。据说山巅上平野肥沃，别有天地。山水奇妙,真不可思议。

船过秭归、香溪,是屈原、昭君故里。滚滚长江,每一段都有中华民族可歌可泣的历史遗迹。以"扬子江"号的速度,怀古都来不及。而我们的绝才绝色都出于此,也是天地灵秀之所钟了。香溪水斜插入江,颜色与江水截然不同。一青一黄,分明得很。世事滔滔,总有人是在"独醒"的。其实,对于"世事洞明皆学问,人情练达即文章"这两句话,我倒是很佩服。

船驶出西陵峡口,顿觉天地一宽。见峡口两峰并不很高大,这是因葛洲坝使水位提高了。峡口山上有亭台,众人如蚁行其上,显然是一公园。远见大堤拦截,各种横杆竖线,我们又回到了红尘。

峡口两山老实地站在江中,船仍随水东流。我和我的记忆,也随船飘远了。

三访鳌滩

这一段上坡路,似乎是伸向天边。四周荒无人迹。低矮的野生植物覆盖着地面,绿色中点缀着简单的黄与红的花。一到坡顶,天蓦地升高了,推远了。眼前就是大海,灰蒙蒙一片,无际无涯。整个的海,像是凝聚着昨天的雨和云,海连着天,天连着海,看不清海天界限。略带腥味的海风挟着涛声阵阵扑面而来,大家兴奋地加快了脚步。

我们站在伸入海中的石头上,左右看去,净是些巨大的礁石。海水漫漫,看不出石头形状。早听说金石滩的礁石不凡,可以想象为古堡龙宫,神怪猛兽——那弯进海中的大石形成一个穹门,被称为通往龙宫的路;又一块大石则是后羿的臂肘,羿射九日后力尽而死,那弯着的臂肘还作拉弓状。

像么？互相问，又迟疑着，不愿回答。

再到这里时是黄昏。我们从两座石山间下到海滩。两座山般的大石，黄绿色的名黄帝石，红褐色的名炎帝石，我们走在中间，便是炎黄子孙了。夕阳从背面反照过来，海上云霭中透出层次不同的红。海滩上静极了，只有我们在走动。我们举目四望，忽然感觉这里似非人境！巨大的、颜色鲜艳的石山默默地压在头顶，面前是大海，左右是奇形怪状、令人生畏的礁石，脚下是晶莹如玉的石子，形成一个奇特的世界。我们在浩漫的大海与压顶的巨石之间，像是一幅雄伟画卷上的几个墨点儿。

"看那大龟！"有人叫。果见海滩另一端有一个硕大无朋的龟，与海中的一个小龟，头对着头，像在互相审视，互相辨认。是小龟在劝说母亲返回大海，还是大龟在召唤儿子上岸休息？鳌滩想因这一石塑而得名了。

海浪仍在一道道向岸边涌来。大海，是不休息的。

"涨潮了。"有人提醒。

海在汹涌，一浪接一浪。每一次海面都升高一些。那些小礁石都已消灭了。我们赶快向上走，海水在身后赶来，那小龟向下沉了。走到坡顶，我才忽然想到，刚刚是站在海里!

又一次去到鳌滩,天还不大亮。远远便见海滩上灯火明灭,是有人用手电筒,在觅取海的赐予。到滩上看时,赶海人深入海中,离岸相当远,灯光一闪一闪,像是大萤火虫。

他们当然都是精通水性的,我却担心:海水仍在声势浩大地向岸上涌来,他们来得及上岸么?水边许多小礁石,如同黑色的小兽蹲伏着。渐渐地,它们的身体露出得越来越多,是向岸上爬过来了?我们惊异地看着。

远处一道白绿,在黑暗中很分明。它滚得很急,奔过来撞到岸上,便消失了。每奔来一次,水面便下落,落得真快!眼见那些小兽爬出水面,眼见那望着母亲的小龟的头离水面越来越高。我们简直可以追赶海水,和赶海人一起,追进海里去,看看浩瀚的海水落到了哪里,哪里又盛得下这无边的大海。

等潮落尽,又要涨了。涨满了,再落。

我还从未见过这样呼吸着的、活得如此健旺的大海。人说不只因现值望日,且因有礁石的标志,才能清楚地感觉潮的涨落,海的起伏。不管这些礁石是否激发起各样的想象，它已使我更认识了大海，使我在短暂的停留中，经历了沧海桑田的变迁。

大海都有升落，有变迁，人生又怎能常处于一个水平面上呢！

"热海"游记

自腾冲西南行约十余公里,山势渐险,巉岩峭壁,几接青天。盘行在山上的公路,呈接连不断的S形。眼看到了尽头,前面空荡荡的,只垂挂着大幅蓝得无比的天,蓝得无比深透,无比高远,这是无处去找的只有云南才有的蓝天。车子冲上去,似乎要奔那幅天幕去了,可是一回过头,又是坡路,又是一重天,蓝得无比的天。

我们是往那罕有的热泉地带去。热泉中最著名的一处名叫大滚锅,可见有多热!越过山梁,车下行了。下行时的天也一样蓝,好像是一个蓝色的大湖,在远处等着我们掉进去。幸好我们没有坠入,总是有山托着,路引着,到了谷底,又往上行。如此下而上,上又下,忽然一股硫磺气味袭来。主人说,快到了。果然这座山谷与众不同,谷中云雾缭绕，烟气氤氲。车子转了几个弯，路旁立一界石，大书"硫磺塘"三字。

硫磺塘村，见《徐霞客游记》。霞客到这里时，适值狂风暴雨，于风雨泥泞中蹒跚于山间小路。其精神是我们今日的游兴无法比拟的。

在谷中下行颇深，以为到底了，转弯还是向下，直到一条河旁。河水很少。过桥上行，山坳间雾气迷漫，硫磺味愈重了。在一座据说是疗养院的房屋前，我们下车循石阶登山。走不多远，便觉得挟有硫磺味的热气，把我们重重包裹住了。

再往上走，赫然有一台在。台上有石栏遮护。"这就是大滚锅。"主人指点说。走上去，脚底都是热的。台上水汽蒸腾。迷茫间见一大池，池面约有十余平米，池水翻滚，真如坐在旺火上滚开的大锅。站定了细看，见水色清白，一股股水流从池底翻上来，涌起数尺高，发出扑扑的声音，热风扑面，令人悚然。自然神力，真不可测。

这样的水波翻滚不知几千万年了，这池用石砌成八角形则是近几年的事。水与石齐。霞客记载的大池"中洼如釜，水贮其中，止及其半"，看来釜边已削去许多，涌起的水势可能也不如三百年前那样猛烈，然而足可称为壮观

—171

了。石沿上刻有八卦，不知为何。台上石板缝中不断咕嘟嘟冒出水泡儿，又有小水道通往浴室。同伴把鸡蛋用手帕包住浸在水中，几分钟后便熟了，大家剥来吃。据说有牛掉入池中，很快化为一锅肉汤！只不知有人喝过没有。

台后有数碑，刻有徐霞客对大滚锅的描写。台一侧一碑，有滇人李根源书写的"一泓热海"四字。因为太热，且硫磺气味太浓，无法久立读碑，只好在来回走动间，看上几眼。

从大滚锅往下的山涧中，到处有热水渗出，有的冒泡儿，有的汪着一摊水，有的则成为泉眼模样。一处小泉，从石上流下，两旁岩石呈黄绿色，好像是不规则的琉璃瓦。那是硫磺侵蚀的结果。再往下走，到一河旁，河岸陡峭，幸有栏杆可扶行。沿河道转弯，先闻水声轰隆，忽见一瀑布泻入一池，瀑布不高，但水势很猛，在溅起的水花中，可见水潭一侧有大块颜色鲜明的岩石，好像一张古怪的脸谱，涂有黄、褐、黑、白、绿各种颜色，在这儿看着水的起伏，山的变迁。

"这是蛤蟆嘴。"主人介绍。细看时，巨石颜色果然像癞蛤蟆，尤其是那黄黑色的条纹，似乎涂抹着蛤蟆的黏液。大概曾有什么山精河怪在这里居住过，有一天，它忽然定住了，化作这大石。

可是它还在呼吸。

譬喻作巨大的癞蛤蟆罢了，何以称作蛤蟆嘴呢？便是因它在呼吸。大石下有洞，像是蛤蟆的阔嘴。隔几分钟，嘴中便喷出一股水花。吸——静止，呼——喷水；吸——静止，呼——喷水。这一个间歇泉，使得幽僻的、脚下热乎乎的山谷，更增加了神秘色彩。

这一带山，名为半个山，"皆迸削之余骨，崩坠之剥肤也"。不知地形怎样变化，整个山落得了半个，热泉才能涌出。有人曾把照相机掉在池里又捞起来，可见池不很深，水也不过热，但那斑驳浓重的色彩，神秘奇特的气氛，使人疑惑山水随时会活动变幻，而不敢久留。

还有十数处泉景，我不能一一走到。据霞客记载，除上述二泉最著外，还有一处"平沙一围，中有孔数百，沸水丛跃，亦如数十人鼓煽于其下者"值得一观。我没有到，但可借风雨作书中游，足以安慰。

孟庄小记

神在哪里?

一九九二年十月二十二日至十一月二日,在杭州北高峰下灵隐寺的孟庄小住。孟庄在一片茶园之中。每天清晨,一行行茶树吸了一夜的露水,微微发亮,格外精神,手一碰湿漉漉的。茶花有铜板大,颜色陈旧,貌不惊人。还有小小的茶果,据说毫无用处,只有割去。别的植物以花胜以果胜,唯独茶以叶胜。大概力量都聚在叶里,别的便不顾及了。

随着清晨一起来的,是灵隐寺的喧嚣。很难想象沸腾人声来自清净佛地。及至身临其境,才知那"市场"与"市场"是符合的。

刚到"咫尺西天"的大影壁前,便有十多个妇女围上来。"买香哦?买香哦?"一面把香递到面前。一路走过去,便是一场推销与抗购的斗争。除了香,还有小佛像、小玻璃坠等买来只有扔掉的东西。熙攘间已过了理公塔、冷泉亭。飞来峰还是那样,只在壁间小路和每一凹处都站满了人,也就无法玲珑剔透了。

以前几次来,大家都忙于阶级斗争,自然无心于山水。现在想上哪儿就上哪儿,至少国内没有限制,自然会热闹。这热闹使人感觉生活别有一重天地,到底是自由多了。

临近寺门,先见香烟缭绕。曾听说现在寺庙香火很盛,亲眼见了,还是不免惊异。寺门前摆着长方形的烛台,约有两米长。数十枚红烛在燃烧。一人多高的大香炉,成把成把地烧着香。人们在香烛前跪拜,一行人跪下去,后面有人等着。他们有老有少,有男有女,有智有愚,有丑有俊,必定或有排解不开的苦恼,或有各种需求,觉得人的力量不够,要求诸冥冥中的力量。求一求,拜一拜,精神的负担分出去一点,在想象中抓住点什么,也是好事。

到大雄宝殿,见众人都在殿外礼拜。一青年女子交给僧人一纸伍拾圆,获准到佛前香案下跪求。她祈祷良久,转过身来，面带笑容，也许灾难还不退，至少她安心了。

前些年，一个朋友悄悄地告诉我，她不是任何教的信徒，可是她每晚必祷告。把一天的烦恼事理一理，一股脑儿交给上帝，然后安稳入睡。这话现在不用悄悄说了。那袅袅香烟，在青天白日之下，凝聚着多少祈求和盼望。据说也有人是专门还愿来的。原来求的事已经满意如愿，特来感谢。说起来，我佛如来、观世音菩萨、耶稣基督、圣母玛利亚都是大大的好人，是芸芸众生的好朋友。

在罗汉堂边山石上坐着休息，仲忽然拉我起身，走开数步后才说，那石旁有一条蛇，正在游动。一面说一面拾起石子要打，我忙制止说，也许是白娘子来随喜呢，再不济也是佛寺里的生灵，不可冒犯。

忽然想起在澳洲访问时，一家公寓下的花丛中住着一条蛇，人们叫它乔治。蛇寿不知几年，这乔治想也不在了。

乘缆车登上北高峰，远望尘雾茫茫，不见人寰。一对青年夫妇带一小孩，对着一面墙跪拜。不由得好奇，上前打听拜的什么，他们不情愿地回答，拜的财神菩萨。

财神菩萨，当然也是人的好朋友。

下山都是石阶，我居然走下来了，满山青松翠竹，清气沁人。不多时到韬光庵。庵依山势而建，楼台错落有致，很不一般，院中有泉，水上有许多落叶，游人用长柄勺推开落叶，舀水来喝。我们在泉侧亭里小坐。见一妇人三步一躬走上来，舀水装入自备的瓶中，又三步一躬向上面的正殿走去。她一定是为亲人祈求平安的。这泉水是矿泉水，又有神灵保佑，传说能疗疾消灾。

我身上的病根少说也有好几种，我可不想试一试。听说正殿供奉的是何仙姑，倒想一睹风采。怎奈上去还有百余阶，只好知难而退。真是今非昔比了。若在从前，无论什么角落，总要走过去看一看的。

一阵风来，泉边树上的叶子纷纷飘离枝头，旋转着落向水面。是秋天了。

我们继续下山，依山涧而行。涧中过去大概是泉水淙淙，现在水很少，几近干涸。坡上植物很多，一片苍老的绿，往下伸延开去。涧边有大石，有些人坐着休息。一路走过去，好几个人问，"还有多远"。这是上山人常问的话。

快到灵隐寺了。涧边有用毛竹随意搭成的栏杆。毛竹茶杯口粗细，原以为引水用，走近看时，见竹上插了许多点燃的香，成为很长的竹香炉。香烟向四面飘散，渗入了山林涧壑。

这不知供奉的什么神。是山、树的精灵，还是水、石的魂魄？我忽然大为实际起来，很怕香火烧着什么，又明知管不了许多，只好带着担心离开这一片清幽，走进了沸腾的佛地。

西湖别来无恙

西湖秀色，不只在一湖，还在周围的许多景致。我对满觉陇的桂花向往已久，这次秋天来南方，以为或可一见，哪知紧赶慢赶，还是没有赶上。然而没有花，满觉陇也是要去的。

满觉陇者，原来是一条路名。路两旁大片桂林，一眼望不到边。徘徊树下，似有余香，至于小花密缀枝头的景象，就要努力想象了。几乎每年秋天，我都计划到颐和园看那两行桶栽的桂树，计划十之有九落空，所以对桂花其实很不了解。印象最深的是它那浓郁而幽远的香气，所以一见桂林，先觉其味。似乎这芳香也浸透了一些咏桂的文字。

循路来到石屋洞。洞在山脚，奇径穿透，上下颇出意外。院中有小舍，售桂花栗子藕粉。于大桂树下食之，似有一种无香之香浸透全身，十分舒畅，藕粉滋味，倒不及细辨了。

去过了无桂花的满觉陇,又去无梅花的罗浮山。据说罗浮山所种乃夏梅,是一种珍奇植物。我于梅花见得更少,简直无从想象。然而百亩罗浮山风景清幽,楼台亭榭十分雅致,已令人不忍遽去。建筑名字都和月亮有关,如伴月楼、掬月亭等。想必这里是赏月的好所在。若是月下有梅,梅前有酒,更是何异神仙!一个小院落里有一石碑,大书"天缘"二字。两字发人深省,这能赏景物之极致的天缘,不知能有几人得到。我就既未见梅,也未见桂。春来九曲十八涧开得漫山遍谷的杜鹃花,也只能在《志摩日记》中观赏了。

然而西湖的正气和才情是四时不变的。这次见张苍水墓,那"友于师岳"的精神令人肃然起敬。苏堤尽头的苏东坡纪念馆,陈列物虽不多,却系住了游人的仰慕。

还有一个风情万种的西湖,阴晴雨雪都不会令人失望。几次来杭泛舟湖上,次次觉有新意。这次在三潭印月,见游人摩肩接踵,甚无意趣。匆匆走过,下得船来,脚下是碧沉沉的水,头上是蓝湛湛的天,微云一抹,远山如黛,天地忽然一宽,"西湖原来很大",我说。

听着船边轻柔的水声,想西湖和昆明湖有许多相似之处。前者有孤山,后者有万寿山;孤山上有石亭,万寿山上有铜亭。本来修建颐和园便是以江南景色为样本的，十七孔桥大概也受到三潭印月孔中见月的启发吧。

秋日的阳光还有些灼人，照在水面上，只见一排排光波从桨的左右流过去，然后落进了湖底。到阮公墩转了一圈，那是经徐志摩品定为精品的，这次发现它扎彩楼，建戏台，传染上了许多景点的流行病，成了个扭扭捏捏的假古董。心里却也无甚感伤。

还是在碧波上滑行，逍遥了一阵子。天色渐晚，湖面起了风，船身有些摇摆。水波高高低低，一个接一个，似乎是从水底翻涌起来，不仅是水面的活动。"西湖原来很深"，我又说。

阳光渐渐集中到西边，成为绚丽的晚霞。晚霞映进水面，又透出水波，好像无数层锦缎在抖动。渐渐地，暮色从远处围拢来，推着我们到了岸边。

坐在岩边的石椅上，望着天，望着水，轻轻说了一声："西湖别来无恙！"

三生石在这里

因为很喜欢三生石这美丽的传说，曾把它写进一篇小说,并以之为篇名,却没有想到,世上真有这块大石头。

我们先是从导游书《灵隐轶话》中看到,便去寻找。问了好几个人,都说没有听过,后来问到一位老者,得他指点,才走上正确的寻石之路。

从下天竺进灵隐边门,就是飞来峰东侧。从山脚到山顶,树木森然,不见游人,只有守门人在大声说话。和西侧的喧嚣大是不同。我们循石阶上山,轻风拂过,树叶沙沙作响。转两个弯,见有人在地上捡毛栗子。问三生石在何处,答道茶地边上就是。

再往上走不远,果然见一片茶地。山坡上翠竹千竿,山坳尽处突出一块大石。我们快步走近,心上一分是惊,二分是喜,似是猛然间见到了故人。

这石约有三人高,横有七八尺,轮廓粗犷,显得端凝厚重,不是玲珑剔透一流。石色灰白与黝黑杂陈,孔隙里生有小植物,有的横生,有的下垂,成为大石的好装饰。向茶地的一面赫然写着一篇文字,题目是唐圆泽和尚三生石迹,记载了圆泽和士人李源转世不昧的友谊。是嘉兴金庭芬于一九一三年所刻。据说圆泽和尚圆寂前,和李源相约,十三年后在此石边相会。李源如约前来,见一牧童骑在牛背上,歌诗道:"三生石上旧精魂,赏月吟风不须论。

惭愧故人远相访,此身虽异性常存。"诗意颇悠远,不知何人所作。石上所刻以及《辞海》所载,与我所记有个别字不同。

我们从边上转过去,才看清这大石其实是三块相连。当中一块背面写着"三生石"三个大字,笔锋纤细,和大石以及大石般的友谊殊不相称。然而总算有这石头附会这传说,让把假事当真的痴子们可以煞有介事地寻上一番,感慨一番。这石头又正好三块相连,以副三生之数,实在难得。

从古到今,生死和爱情是艺术的永恒主题,其实友谊也是歌咏不尽的。读《中国哲学史新编》第六册,得见谭嗣同对朋友的解释,他以为,五伦中"于人生最无弊而有益"的,就是朋友。他认为朋友的关系能"不失自主之权","一曰平等,二曰自由,三曰节宣惟意"。我想,就广义的朋友而言确是如此,最深层的朋友关系则贵在知心,也就是精神上的理解。管仲说"生我者父母,知我者鲍叔"。世间得一知我者,也就不虚此一生了。伯牙碎子期妙解之琴,渐离断荆轲未竟之志,友情的深重高昂,又何逊于罗密欧与朱丽叶呢!

石侧有石阶上山。上山的路,还很长。我们走到三生石上,见三石一块接着一块,如波浪前涌,到茶地边忽然止住。茶地下面远处有村舍,牧童大概就是从那里来了。坐在石边休息片刻,已经很满意,不想再高攀了。下山出边门时,守门人问,"找到了?""找到了。"我们答。访得了三生石,实为这次到杭州的一大收获。

回京后便留心有关三生石的吟咏、故事。《太平广记》记载有李源和武十三郎转世相识之情,似乎是一种断袖之癖。未提到三生石。传说总是在传、说中不断完善的。人们添进自己的企求,剔除自己的厌恶。现在的三生石传说,就寄托着人们对坚贞友谊的向往吧。《全唐诗》载齐己和尚诗,有"自抛南岳三生石,长傍西山数片云"之句,看来那时已有三生石的故事,李源名字可能是后加的。齐己和尚是湖南人,大概想把三生石安排在南岳。自然还是在杭州现址好得多。袁宏道有一首三生石诗,描写的似乎就是现在这一块:"此石当襟尚可扪,石旁斜插竹千根。清风不改疑远泽,素质难雕信李源。驱入烟中身是幻,歌从川上语无痕。两言入妙勤修道,竹院云深性自存。"

另一唐僧修睦,有诗咏三生石:"圣迹谁会得?每到亦徘徊。一尚不可得,三从何处来!清宵寒露滴,白昼野云隈。应是表灵异,凡情安可猜。"

"一尚不可得，三从何处来！"直如当头棒喝！我连忙放下了一支秃笔，掩过了满纸胡言，只自凝望着天上白云，窗前枯树。

养马岛日出

到海边了,便总惦记着看日出。

最初几日阴雨,天空为云霾锁住,只见海天茫茫,是深深浅浅的灰色。不见太阳,也不辨东西南北。

一天清晨到得阳台上,忽见一侧天边和海面每闪着红光,空中云层后面,有个大红球,那是一轮红日,已经升得很高了。没有多久,便不能逼视。

阳台上看日出,毕竟局促。在告别养马岛的这天,特意到海边去等候。

微弱的晨曦中,树木似醒非醒,海是凝重的灰蓝。昨天还是海面的地方,现在露出高高低低的礁石,线条还不十分清晰。一个小小的人影正在那块伸入海中的大礁石上移动着,他是想上得高些,看得远些。那是我们力所不及的。我们只能循着岸边小路选择了一处开阔的地方,等候那伟大的时刻。

天边有云层围护着。渐渐地,东方红了,由浅到深,红得很朴素。似乎云层后面正在燃烧,却看不出那中心在哪里,我们凝望天边,不敢眨一眨眼睛。忽然有一条鱼从水上跳出,接着又是一条。似乎也在盼着太阳。

"快看!快看!"我们彼此叫着,只见云层后面陡然出现一个小红球。那是太阳!那是燃烧的中心。太阳在云霞围绕中跳出了海面!云霞红得耀眼,一条光闪闪的红柱从水面拖过来,每一道水波都发着红光。

这一带几个海岛上都有三官庙,渔民们奉祀天、地和水。我和他们一样,觉得一切是这样神圣。我心中充满感激,感激天有日月、地有泥土。感激太阳辛勤地出没、大海不息地涨落。希腊神话中的日神阿波罗每天驱赶着金色的马车向天上驶去时,是否想到地上水中的生灵在顶礼膜拜?

太阳不停地上升,愈来愈大,水面红柱愈来愈宽而长。终于成为一片落进海水的灿烂的彩色。太阳的红反而淡下来,变成白亮的强光,使我们转过头去。

太阳出来了,新的一天开始了。

太阳是我们的。

三千里地九霄云

我在记忆之井里挖掘着,想找出半个世纪以前昆明的图像。在那里,我从小女孩长成大姑娘,经历了我们民族在二十世纪中的头一场灾难,在亡国的边缘上挣扎,奋起。原以为一切都不可磨灭,可是竟有些情景想不起来,提笔要写下昆明的重要景色——白云时,心中只有一个抽象的概念:昆明的云很美。

只有概念,没有形象,这让我觉得可怕,仿佛眼前是个无底的黑洞,把所有的图像都吸进去了。

我记得那蓝天,蓝得透明,蓝得无比。我在《东藏记》开头写着:"昆明的天,非常非常的蓝。只要有一小块这样的颜色,就会令人惊叹不已了。而天空是无边际的,好像九天之外,也是这样蓝着。蓝得丰富,蓝得慷慨,蓝得澄澈而光亮，蓝得让人每抬头看一眼，都要惊一下，'哦！有这样蓝的天！'"

蓝天上有白云，我记得的。可是云在哪里？我必须回昆明去，去寻找那离奇变幻的白云，免得我心中的蓝天空着。免得我整个的记忆留下缺陷。

于是我去了，乘汽车，乘飞机，倒也简单。一路上想，古人为鲈鱼辞官不做，若是现在，可以回乡享受了鱼宴再出来宦游，岂不两全？然而也就没有那弃官爵如敝屣的佳话了。

飞机沿西线飞，经太原、西安、重庆，到昆明坝。它穿过云层，沿着山盘旋，停在四围青山之间。

飞过了两千多里。若是走路，岂止三千里。为了那虚幻的云。

我站在昆明街角上了。头上蓝天似不如记忆中那样澄澈，似调了一点银灰或乳白。这是工业发展的效果。

天公为迎接我，在这一片不算宽阔的蓝天上缀满了白云。

昆明的云，我久违的朋友！我毫不费力地发现我的朋友与众不同处，他们也发现了我，立刻邀我进入云的世界。这一朵如山峰，层峦叠嶂，厚薄相接处似有溪流落下。那一朵如树丛,老干傍着新枝。这一朵如花苞,花瓣似张未张。那一朵如小船,正待扬帆起航。只一会儿工夫,这些图景穿插变幻,汇成一片,近处如积雪,远处如轻纱,伸展着,为远天拦上一层围幔。

忽然落下雨点儿,紧接着就是一阵急雨。人们站在街旁店铺的廊檐下。一个水果担子在我身旁。

"你家可买梨?宝珠梨。尝尝看。"挑担人标准的昆明话使我有余音绕梁之感。那是乡音!宝珠梨在记忆中甜而多汁,是名产。据说现在已经退化了。人们在培养新品种。我摇摇手,用乡音对答:"梨么不要。你家说的话好听呢好听。"挑担人不解地望着我。那是典型的云南人的脸,这张脸在我的记忆之井中激起了许多玲珑的水泡,闪着虹的光亮。

雨停了,挑担人拢好箩筐上的绳索,对我笑笑。"要赶二十里路回家咯。"他向街的一头,十字路口走去,那里从前是城门。

雨后的天空,又是云的世界。我走几步便抬头,不免东歪西倒,受到"不好好走路"的责备。于是便专心走路,回想着白云下的宝珠梨担子,那陌生又熟悉的脸庞和天上的白云。

几天后,朋友们安排我去石林附近的长湖。五十年前,我曾到过那里。当时的长湖藏匿在茂密树林中,踏过曲折的石径,站到湖边时,会觉得如同打了一针镇静剂,一切烦恼不安都骤然离去,只有眼前的绿和绿意中水波的明亮,把人浸透了。我曾把这小小的湖列于西湖太湖之上,因为它不是一般的风景,而是一种心灵的映照。

不料这一次我们驱车往路南尾泽乡,所遇震撼全在长湖之外。再没有坎坷不平的泥路,再没有背上放着木架的小马,有的是上上下下都十分平坦的公路,车子驶过,没有一点颠簸。行到高处,忽见前面豁然开朗,大片蓝天之上,有白云的图案,如一幅抽象派的画,不写真,不状物,只是一团团,一块块,一层层,卷着滚着,又在邀人进入云的世界。"昆明的云!"我叫起来,真想跳离了车子,扑到天边去!车行急速,转眼掀过了这一幅图画,眼前是无比真实的土地,鲜红色的土地,红土地!

红土地连着绿林,红土地连着蓝天,红土地连着白云!我亲爱的云南的土地!多少年来,我怎么忽略了这神秘的鲜艳的红色呢!在这红土上生长着宝珠梨,滋养着本地和外来的人,回荡着好听的昆明话;在这红土上伸展着蓝天,变幻着白云——

我们走过一个小村庄。村中房舍想必是用红土烧坯建成，屋顶墙壁一派暗红。村前池水也是红的，两三个系蓝布围腰的妇女在池边洗衣服。洗出来的衣服想必也是红的了。

颜色很绚丽，心里却酸苦。红土是酸性土壤，它的孕育是艰难的。

可是我相信，人人都会有一池清水，这是迟早的事。

尾泽小学已是正式的楼房了。院中植着花木。我住过的土坯房不见了。只是那片操场还在。五十年，该有多少农家孩子从这里得到启蒙的知识，打开了灵魂的窗户。而在操场和我一起学过阿细跳月的人们，还有几个能再来？

车直开到长湖边上，我还一再地问："是这里么？这是长湖么？"可见长湖大变样了。似是从一个纯真的少女变成了人情练达的成年人。湖水不再掩藏在树木间，而是坦然地抚摸着开朗的湖岸。岸上有草地，有野炊用的泥灶，俨然一个公园。

我们坐在一个小岗上，良久不语。作为公园，这里还是不同一般的。水面澄清，天空开阔，而且是这样的蓝！

记得《西游记》中有堆云童子布雾郎君这样的角色，常被孙大圣传唤。布雾郎君且不说。这堆云童子无疑是个艺术家。蓝天上的云朵洒得疏密有致。渐渐地，小朵汇成大朵，如堆绵，如积雪，一会儿，绵和雪变化成一群白羊，一只大狗。狗是在牧羊么？远山上出现一个大玩偶，一只大袖子，还有很长很弯的鼻子，似要到湖里吸水。那狗蹄子正踩在玩偶头上。玩偶不必发愁，狗蹄子很快移开了，愈来愈淡，狗消失了，只剩下群羊。想不到在无意间，得观白衣苍狗，更领悟子美"天上浮云如白衣，斯须改变成苍狗"之叹。

云还在变幻。一座七宝楼台搭起来了，又坍塌了。围湖的山和天相接处，一朵朵云如同很大的氢气球。正在欲升未升。不久化作大片纱缦，似是从山顶生出来的，把天和地连接在一起。而天是蓝的，地是红的，白云前还点缀着绿树。

归途中，一轮丽日当空。快到昆明了，忽然，年轻的朋友叫道："快看！彩云！"

哦！彩云！就在太阳的右下方，一朵椭圆形的彩云！刚看见时是玫瑰红，一会儿变作金色，一会儿又变作很浅的藕荷色。太亮了，我们不得不闭上眼睛。再看时，可能我的不正常的视力作了加工，只见彩云后面透出彩色的光，许多亮点儿成串地从云朵上流下，更让人不能逼视。

"不能看得太久，"我们说，"会折损了福气。"

太阳随着车子的向前而后退，那朵彩云却面对面地向我们头顶飘来，随即消失了。

云南这个名称，据说始于汉代，因彩云出现而得此名。有谁真正看到过彩云？如今有我。

昆明的云！美丽的云！在我的记忆之井中注满了活水。

"三千里地九霄云"。我拟下了一个作文题目。

异国游记·山山水水城市间

  生活中美好的事物是没有穷尽的。叹为观止的景色还没有止。留着让人向往,让人期待,让人悬念。

澳大利亚的红心

瑙玛有个小小的习惯,怕下楼。因此当然也不能上楼。我们在阿丽思泉古斯艺术馆的圆厅里走着,见厅中心有一个螺旋形的小楼梯,梯侧有小喷泉,暗红色的灯光照着喷洒的水珠。我请她到厅边小坐,不要陪我上去。她说到上面就可以看见这个艺术馆的主要内容。她用了一个字,我一时想不起英文的意思。"上去便知。"我想。

跨过暗红的喷泉,缓缓上到梯顶,我不觉吃了一惊。我怎么忽然来到了澳洲中部的荒原上、旷野间?苍凉而豪迈的中澳大利亚景色,扑向我眼前,这样辽阔,这样一望无际;又这样寂静,这样无动于衷。只有远处小小风车给一点动的感觉。似乎时间也被这豪迈苍凉羁留住了。那一直伸展开去的原野,直到天边,看不见了,却又明知它还在继续伸延，简直使人想赶过去看个究竟。在棕褐色，有的地方是暗红色的原野上，铺缀着一丛丛灰白的草，一丛丛暗绿的榛莽，再高一些是那一对孪生兄弟的橡树，它们真像彼此的影子。最高的植物是一株尤加利树，它那灰白的树皮下，显示着充满了生命的筋骨。天地交界处有一段远山，又有一座淡蓝色的平顶山，像一个倒扣的长盒，后来知道它的名字是考诺山。又有一座稍长的，一端扁平的浅棕色的山，后来我知道那便是世界最大的独石，艾耳石。

我循着楼栏走了一圈，才悟出那英文字义是全景画。这画面形成一个圆圈，观画人站在中央。近处二十英尺的泥土植物全是实物，连接着二十英尺高的画面。画面不但集中了中澳大利亚的有特点的景物，还画出那原野的苍郁混沌的神情，使人不觉大有"天地悠悠"之感。

次日我们乘车行驶在真正的澳洲内陆原野上，离艾耳石越来越近，这种"天地悠悠"之感也越来越强烈。车行几个小时，眼前总是莽苍苍一片，忽然远处出现了那淡蓝色的考诺山。以后我发现无论从哪个方向看，它总是保持着那淡淡的蓝，虽然远，却很分明。走着走着，考诺山不见了。太阳没遮拦地照着，蓝天亮得耀眼。地下的草格外灰白，榛莽的绿显得格外干涩。而路呢，不知何时起，变成了鲜艳的红色。如果不是亲眼得见，实在难以想象土地能红到那样地步。这红色在那全景画中并不突出，大概是要留给人自己琢磨吧。于是天是蓝的，树是绿的，草是白的，路是一味地红。风吹草低，便是原野的活动，便是原野的声音。

我拿出"罗吉的地图"，想看看行程远近。罗吉是一位气象学家，是瑙玛的儿子。在悉尼那几天，都是他开车，离开悉尼时，他送了我这份地图，还有一个复活节巧克力兔。他对瑙玛极为体贴关心，总是在需要他时及时出现。"这样孝顺的儿子不多了。"瑙玛常说。我也为她高兴。

罗吉的地图告诉我们，艾耳石有三点三公里长，二点四公里宽，三百三十五米高。艾耳是一个人的名字。一八七二年最初来到这石山的欧洲人取此名，艾耳本人与这石山并无关系。这里原有土著，现在都迁往别处了。他们有蛇人的传说，山的阴阳两面有两种蛇，后来成为两个部落。我不禁联想到我们中华民族的龙，其实也是由蛇图腾演变来的。看来在远古时代，蛇的势力不小。

我们到了，艾耳石从近处看如同一匹趴卧的大兽，棕色的纹理好像大象粗糙的皮肤。石山上有好几处洞穴,有的洞中有简单的原始的画,都保存得很好。头一天在阿丽思泉,瑙玛曾请一位研究土著生活的英国朋友来见,他对他们的画很了解,圈圈点点,曲线直线,都有意义,都在诉说一个故事或一种感情。只是有些内容他们不愿人知,他也就闭口不言。在他那里见到一些画,圈、点和线的形状、颜色都很和谐,倒有点像当前抽象派的画。

节目中有一项是赏艾耳石变换颜色。我们清早出发,登上一个沙丘,东西张望。向东看日出,向西看石山的颜色。石山在黑暗里黑黝黝的,黑夜渐渐淡去,石山逐渐显出棕色的皮肤;朝阳在天边涂抹着彩霞,石山在不知不觉间也涂了一层橘红色,在太阳跃出地平线的一刹那,据说石山会像着火一样通红,但那天不知为什么,没有见到这奇观。又因为东张西望不能兼顾,对两边似乎都无多少心得。从沙丘上下来,瑙玛笑道:"走了几万里路,临了石山不变颜色。""总得把奇特的留给想象。"我笑答。其实眼前的景色已经够奇了。在灰白和暗绿相间的原野上,破开一条鲜红的大路,向石山缠绕过去,远处虽有总是那样蓝的考诺山和另一座奥尔加山,近处的艾耳石却显得这样大、这样孤单。不知从什么时候被抛掷在这里,遗忘在这里。它像澳洲一样,终于被发现了,而且成为胜景。我记起T·哈代所著《还乡》的第一章,"一片苍茫,万古如斯"。那描写伊登荒原的文字是多么美——还有那红土贩子。现在科学发达,当不用红土染色了。

"这路,这土,多么红……"我喃喃道。

"这是澳大利亚的红心,"瑙玛说,"澳大利亚的红心欢迎你。"

红心两字并非瑙玛发明,在导游画册里便是这样说的。在辽阔无垠的原野上袒露的红路,真像敞开了赤诚的胸怀,那是人民友好的心愿,我向她感谢地微笑,默默地俯身抓起一把红土。原来,在土著的许多美好的传说中,确有红土染身的故事。说是在世界尽头住着一个女人,她的职责是早晨点火照亮世界,晚上熄火让万物安息。在点火与熄火时,她都要用红土装饰自己。红色反照在天上,便成了朝霞和落日的绮辉。

我们沿着红色的路,下午便返回阿丽思泉。在渐渐合拢来的暮色中,西天却逐渐明亮,越来越红,很快就成了一片通红,红云上压着一层层灰黑的云。这里没有别处落照的千百种颜色的变幻，整个天空，只有红与黑两种颜色。红云真像在天上烧着大火，因为天地是这样无边无际，火也烧得透旺，烧得恣意，从天的一端直烧到另一端。偏又有层层黑云，有时在红云上压着，有时在红云下托着，更显出那壮丽的通红来。通红的天连着通红的地面，仿佛从地面上也在升起红云。真使人感到一种浩大、神秘的力量。大概是那世界尽头的女子在撒扬红土所致吧。

车上几个小孩在说儿歌："彼吉博吉胖墩墩，拉着女孩们不住地亲；一伙男孩来游戏，彼吉博吉跑开去。"在清脆的童音中忽然发出一声赞叹，瑙玛说："看那边！"和通红的西天遥遥相对，在草莽中升起一轮明月，月轮很大，染着淡淡的金黄，默默俯视着这原野。我忽然想起内蒙古草原上大而圆的月亮。不也就是这一个么？它冷眼观看了亿万年来地球各处人类的发展。不知地球上何人初见月，也不知月亮何时初照人。人的智慧发展到今天，月亮本身的奥秘也已让人探得去了。

日落的壮观持续约一小时，夜幕终于遮盖了一切。路边的地灯告诉我们已走上柏油路，红土的原野越来越远……

"告别了，澳大利亚的红心。"我在心中说，我已从自然景色中苏醒过来，和车上的旅客攀谈着。旅客来自澳大利亚各阶层，也来自世界各地。谈笑间，我也学会了瑙玛小时就在说的儿歌："彼吉博吉胖墩墩……"

其实我虽然离开了那红色的原野，却并未离开澳大利亚的红心。牧场上，大学里，繁华的大城和清幽的小镇中，到处都遇到热心朋友。南澳大利亚的库诺本小学特地赠我一把银色的小勺，柄上有校徽，盒底写道："请冯女士用它的时候记住我们，并请转达对中国小朋友的友谊。"

访问小学校时，我被安置在大沙发上，孩子们围坐在地，瞪大了眼睛瞧着我。校长科博狄克先生多才多艺。他手弹吉他，领着孩子们唱欢迎歌。我讲我自己古老伟大的正在建设的国家，讲了我们小学生一天的生活。应校长之请，我也讲了《露珠儿和蔷薇花》这篇童话。我很怀疑我的自译能否达意，孩子们却专心地听，讲完了，一个孩子举手问："那朵蔷薇死了？""骄傲的蔷薇死了。"我不无伤心地答。

校长让孩子们自由发问，空气很是活泼。问题一个接一个："中国最高的山？""中国最长的河？""中国的牙膏是什么颜色？""你有多少岁？"我也问他们，问他们的志愿。几乎人人都举起小手。有的要做农民，有的要做理发师；有的女孩愿做护士，愿做家庭妇女；有的男孩要做警察，要开飞机。只有一个孩子要做科学家，没有人愿当教师。

"如果你几年前来，会有许多孩子要做教师。"校长说，"近来教师失业的很多。"原来澳洲人口增长率趋于零，孩子少，需要的教师也少了。

"不管做什么，"校长又说，"我们要培养的是有用的、快活的人。"

临别时，校长从墙上取下两张图画送我。一张是黄色的小人，那是海盗；一张是用拇指按出一个个指印，组成一棵树。我想起澳大利亚名作家帕特里克·怀特的一本书名《人类之树》。在人类之树上，每个民族、每个国家尽管有种种不同，都该在自己可爱美丽的国土上辛勤劳作，发展兴旺，并且互相友好往来，使这棵大树根深叶茂，绵衍久远。

面对着这张天真的画，不禁又想起罗吉的地图，想起养猪人餐桌上丰盛的糕点，想起明史教授雨中送别，想起每天看着表为我煮鸡蛋的退休老船长……当然，还有代表澳中理事会接待我的瑙玛那充满了关怀、作出细致安排的亲切的声音。虽然我免不了常请她重复一次，奇怪的是，我总不觉得她说的是外国话。

还有那奇特的剖露着红土的原野——澳大利亚的红心。

不要忘记

火车在细雨迷蒙中到达墨尔本。邻座的建筑师帮我拿下箱子，找来手车，然后郑重告别。不一会儿，来接的伊丽斯女士找到了我，驱车直到沃蒙学院，我在那里下榻。沿路树木，红、黄相间，不知是否枫栌之属，只觉满眼秋色。不禁念及燕南园中，此时应是春光明媚，丁香如雪了罢？沃蒙学院的主楼建筑是维多利亚时代的哥特式，尖塔高耸，厚重的方形石柱上，缠绕着大概是爬墙虎一类的植物，叶子也已鲜红了。主楼四周是松墙，草坪，各种树木，还有些别的较古雅的楼舍，校园里的气氛从容而宁静。

按照计划，这个上午我该休息。因为空中小姐罢工。我原定从阿多雷德飞墨尔本，临时改乘了火车，似乎是有些累。不知是谁提起，这一天是"澳大利亚和新西兰日"。

在这一天，参加过第一次、第二次世界大战的老军人全都上街游行，以纪念为国牺牲的战友，纪念太平日子得来不易。我们便赶快乘电车前往，电车有轨道，给墨尔本城增添几分古色古香。

很快便看见了游行队伍。一队队海、陆、空三军军人，各着军服，精神抖擞，战旗飘扬、鼓乐前导。有人虽已过了花甲、古稀之年，但步伐整齐有力，一点儿也不显龙钟，伊丽斯说，参加过第一次世界大战的不知还有没有；参加过第二次世界大战的，也一年比一年少了。这时，走过来穿着苏格兰裙的队伍，前面有三匹高头大马，马上是三位英俊少年，也许是哪家老军人的子弟。他们似乎在说：年光流逝，老人总要离去，而这"澳大利亚和新西兰日"的游行，却是会继续下去的。

细雨仍在轻轻飘洒，但谁也不介意。我们跟着游行队伍，走走停停，来到一处高大的圆顶建筑物前，原来那是战争纪念馆。队伍在这里转过去了，解散了，后面还不断地走来。因为游行，纪念馆闭馆。我不知道还有没有机会再来，有些怅然。

离墨尔本的前一天，一位澳洲中国明史专家费克光先生陪我到植物园参观。这植物园真美！我们在黛色参天的各种树木中间穿来穿去。忽见一泓澄净的湖水。湖畔绿草如茵，黑天鹅浮在水面，不时把红喙伸入水中。岸边宽阔的石阶上，有一群群白色的海鸥，有的飞起，有的向我们蹒跚走来。我觉得，澳大利亚中部艾耳石一带的原野如同"茅台"，色彩强烈浓重，使人酩酊；而这里，这植物园的景色，如同竹叶青，明丽而又有韵味，使人微醺。当然，对澳大利亚景物，对中国酒，我都是外行，外行人的外行话，也许倒有真意。

但当我们来到战争纪念馆，站在高大的圆顶下时，我觉得自己一点也不外行，我感到了应该纪念的一切。厅中有澳大利亚国旗和军旗，有澳洲男女军人的塑像，还有牺牲的人名单，很长很长的名单。当我们慢慢地在馆中走动时，一队队中、小学生进来瞻仰，从他们鲜嫩的脸蛋旁望过去，我看见墙壁上，不止一处刻着这样的话："不要忘记他们失去了青春的生命，以使我们生活得更好。"

"不要忘记"——我想起前几天的游行队伍，不也是"不要忘记"么？在阿多雷德的战争纪念碑下，常有人放置新鲜的花圈，不也是"不要忘记"么？在阿丽思泉，我们最先去瞻仰的，也是纪念碑。它在一座小山顶上，那里可以俯瞰全城。纪念碑本身简单朴素，上面没有名字，没有复杂的话语,只有这样几个字:"不要忘记"。

就是在眺望世界最大的独石——艾耳石的沙丘上,也伫立着一块约有一人高的长石,上面也刻着:"不要忘记"。

"不要忘记",又怎能忘记呢?如果没有人向恶势力斗争,怎得创造、保存美好的一切?据说二次大战中,澳洲青年在东南亚一带牺牲了四分之三。在我们的八年抗日战争,三年解放战争,以及十年浩劫中,中华优秀儿女的骨殖为大地增添的分量,又是多少呢?

很快辞别了墨尔本,到达堪培拉。堪培拉的秋色也极浓。照计划栽培的树木一层黄,一层红,一层棕,一层绿,极为绚丽。城中有湖,湖上有桥。夜晚,桥上灯火通明,为夜色做了恰当的点缀。湖上有喷泉,白天定时喷水,水喷得高高的,在明亮的阳光下,闪耀着各种颜色。离湖边不远,有澳洲国立图书馆,有议会大厦,有新建的高级法院,还有正在建造的艺术馆。再过去,就是战争纪念馆了。那是我一定要去的。

论建筑,并不新奇,进门处有一个长形的水池。池水清可见底,底上疏朗地散放着银币,是表示纪念与尊敬的。内部有好几个厅、室,也有很长很长的牺牲军人的名单,哪一团哪一连都写得很清楚。也有三军战士和妇女后勤人员的塑像，都有真人大小。他们都是那样俊秀，年轻！地上摆着几门大炮，都是战争中的实物。因为时间仓促，我匆匆走了一遍。和我同去的几位澳洲国立大学的教师、同学，没有来得及讲解什么，我也没有看见哪儿写着铭文或别的话。当我走出大门，站在高高的石阶上时，我忽然感到一种强烈的感情的撞击，我几乎大声叫出来："不要忘记！"

难道谁能忘记么？我仿佛回到了自己的祖国，站在人民英雄纪念碑前，仰头看那湛蓝的天，一幕幕图景闪了过去——八年抗战时，那边远的地方，夜晚一灯如豆，窗纸上染着油烟的印迹。在飘扬的大雪中赶去看解放军的兴奋心情，那毛茸茸的帽子下年轻的红红的脸，显得那样天真；那老同志描述战争的情景："人的身体把战壕都垫平了，还是得在上面走。"还有那十年巨大灾难，那使人不成为人的巨大灾难，张志新、遇罗克临刑前那深沉的痛苦……哪一点应该从心上消失，能够从心上消失呢？痛苦的记忆会使人逃脱浅薄，会使人理解社会、人生，会使人奋力去消除今后的痛苦。千万不要忘记死去的人啊！正是因为他们死去，我们才能活着……

在堪培拉战争纪念馆石阶上的片刻，我经历了人类向恶势力斗争的许多年。我知道，这历程远未结束。联邦政府的身着制服的司机朋友走来了，他是个胖胖的快活的中年人，有三个得意女儿。这时，已是夕阳西下，远山的轮廓在落照中勾勒得格外分明。在那云霞辉映的天空上，似乎也写着几个大字：

"Lest We Forget"（不要忘记）。

奔落的雪原
——北美观瀑记

对北美洲五大湖区的尼亚加拉大瀑布真是向往已久了。听说有人前往观赏,看着看着,忍不住跳了进去。也有人专门到那里自杀,大概以为那咆哮的急流能洗净世间的污秽罢。便想我若结识了大瀑布,当写一篇小说,写本是前往结束自己生命的人终于获得了生的力量,懂得了怎样赞美人生、谱写人生。那是一切名山大川应该给予人的。我相信尼亚加拉也是如此。

一路上我总想不通,这样大的瀑布怎能不在崇山峻岭之中,而是在平原上。经过五大湖之一的伊利湖时,只见水天一色,无边无际。公路上有不少疾驶的车,顶上倒扣一条船,便是去湖里游荡的。据说这湖连同另外三湖的水都经大瀑布落到尼亚加拉河中,再经安大略湖、圣劳伦斯河流入大西洋。这么多的水,想来那瀑布一定够壮观了。

车过靠近加拿大的巴法罗城时,已是下午。"不远了。"来过的人说。"怎么没有声音呢?"我想,因为目的地近了,大家都有些兴奋。我却忽然害怕起来。这平淡的湖水,连同周围平淡的景色,能汇集出怎样的雄伟呢?

下车后我以为还要走一段路,却忽然发现已经到瀑布旁了。最先看到的是美国瀑布,立足处比河流的水面约高两三层楼。河水平静地、放心地流过来,似乎万万没有料到会猛然跌落。水色碧绿,到悬崖边时,忽然变作了大块的雪,轰然落下,溅起无数水花,使得瀑布下部宛如在云雾中。大雪块不断崩落下来,云雾不断升起。它这样宽,悬崖岸长一千一百英尺,又这样高,落差一百八十英尺,奔腾咆哮,好像要在顷刻间使出全身解数,而这顷刻一直延长了不知多少万年,永没有疲惫的时刻。

瀑布下是深谷,若凭走路,恐怕要走好一阵。我们乘电梯下到谷底去乘船,一会儿便到。电梯中可见美国瀑布旁边的小瀑布,名唤新娘的面纱。小瀑布再往北是三个瀑布中最大的,属于加拿大的马蹄瀑布,悬崖岸边呈巨大的马蹄形,宽两千五百英尺,落差一百七十英尺。上船时发雨衣,船走时轰鸣的水声越来越大,船也越来越颠簸。真高大啊，那急遽奔流的水壁！好像是天门大开，尽情地把水倾泻下来。到马蹄瀑布下面了，浪花飞腾着，人们如立雨中。船还向前行，眼前什么也看不见，只是迷雾一片。不少人叫着笑着。我望着四周迷茫的水汽，连船下的水也在跳动，翻起无数水花。就像在黄山上想跳入云海，在太平洋岸边想踏上海波一样，我真想跳下去！

当然只是想想而已。船慢慢地转身，回头看那宛如在天际的翻腾跃落如雪块般的水，因为太宽太高太大，一眼难以尽收。一条巨大的虹出现在迷茫的水汽中，弯弯的弧只划过瀑布的一角。在这里，瀑布一词似乎已不适用。布是窄条，而这里是这样雄伟，这样宽阔，这样急速地流动着，简直叫人喘不过气来。整个的雪原从天上崩落了！

啊，奔跑而崩落了，崩落了还继续奔跑着的雪原！

据说曾有不少人把自己装在桶里，随着瀑布落入深渊。不少人中只有一个少年生还。人们惊喜之余，给他将息调养，然后罚款。我在瀑布下走一遭，对这些冒险家增加了几分理解。可能谁都想随着瀑布跃下悬崖，尝一尝那飞在半空中，震撼灵魂的喜悦。不过真的伸出双手去拥抱能毁灭自己的巨大的力量，固然需要勇气，也未免任性。

这里人们的勇气和智慧是用在正当途径上的。原来流量每秒二十万零两千立方英尺的水,一半用来发电了,它给了人们多少光明,多少力量!到晚上,瀑布也不寂寞,强烈的灯光照着它,反正它不在乎,也不能抗议。古人叹昼短夜长,有人秉烛夜游,有人"只恐夜深花睡去,故烧高烛照红妆"。现代人的气魄大多了,夜游改用探照灯。白色灯光确可以帮助在黑夜中看到瀑布汹涌崩落的气势。凭栏倚望,有灯光处的水是一片闪烁的白,不像白天,在雪般的水花下泛出碧绿来。只是瀑布太宽,峡谷太深,无论多么强的光,落到那崩落的雪原般的千万年不曾停息的层层水花上,那巨大的无底深谷中,全显得黯淡微弱,使得整个峡谷更添了些神秘莫测、捉摸不定的色彩,一切都显得更遥远了。忽然间灯光颜色变了,暗红的颜色罩住了深谷。一会儿又变作绿的、蓝色、紫的。据说这是尼亚加拉大瀑布重要的一景。我却宁愿只要素朴的白,能帮助人们夜游便足够了。绮丽的颜色和伟大磅礴不大相称,何况还使人想起霓虹灯来。莫非这气势庄严的大瀑布也在做着一场繁华梦么?

夜深了。我们要睡了。大瀑布不管灯光怎样变换,只顾奔跑着,跌落着,跳跃着,日以继夜地给人忘却一切的喜悦。它是勤劳的,清醒的。

次日清早我们又跨过美国瀑布上游，从山羊岛上步行向下，来到瀑布半中腰流连。这里上看飞流，下临云雾。瀑布似乎是悬空的，不知来龙去脉，只是向平面延伸，一直转了半圈，成为马蹄形。有这样大的马么？是霍桑在《奇异的书》里描写的，载了英雄人物去砍下妖魔的三个头的那匹飞马罢？可惜我没有听到这里的传说，不过我自己可以编出一个来。

这时在美国瀑布下面和对岸加拿大一侧的山谷中，都有三三两两的黄衣人在行走。什么虾兵蟹将？我们问。原来可以通过隧道下去，到瀑布近身处看。在美国这一边的叫"风洞"。我们兴致勃勃地去了。穿上雨衣雨靴，也都成了虾兵蟹将。乘电梯从岩石中下去，走过隧道，到得洞口，洞外有栈桥，位置在美国瀑布和"新娘面纱"之间。水声轰鸣，比在船上时更强十倍！我们不管浪花飞舞，循栈桥向大瀑布走去，真走到它身旁了！离水流只有二十五英尺！这时仰面上看，急流自天而降，仿佛就浇在自己的头上！厚重的水在脸面前奔腾着，厚重得像浮雕。却是奔跑着的活的浮雕。风挟着水蒙头盖脸而来，风和水都是硬的。这里不是水花水汽，简直是置身波涛中了。这奇异的站立着的波涛呵！"我们算是到过瀑布里面了。"一个西班牙人说。

啊！崩落了还在奔跑的雪原！要把我们带到哪里去呢？我伸出手，想和瀑布巨人握一握。他却置之不理。又是一阵水浪浇来。"快走，请快走。"管理栈桥的人说，他的声音在雷鸣般的轰响中又消失了。

我又伸出手来，抓住一捧水。水从指缝间漏出了。尼亚加拉大瀑布的雄姿却永不会从我的记忆里筛去。我会永远记住你的伟大精神，你的磅礴气势，你的力量，你的速度！我会永远记住你那如同崩落的雪原般的流水——

下午到山羊岛和附近的三姊妹小岛。在山羊岛北端，可见烟波浩渺的湖面，水鸥点点。岸边树木还绿着，已带些初秋的萧瑟了。它们静静地站着观看水波流去。辉煌的激昂慷慨的乐章结束了，这里是一段慢板，徐缓悠扬。湖水从山羊岛分开，流过各种形状的石头，水清见底，从容不迫。到三姊妹岛时水面很宽，却越流越急。下面便是马蹄瀑布了。绿浪时起，汹涌的水波似乎比我们站的地方还高，它们准备着，准备加入到奔落的雪原中去。

据说从加拿大一侧看尼亚加拉大瀑布更为壮观，我想不去也好。生活中美好的事物是没有穷尽的。叹为观止的景色还没有止。留着让人向往，让人期待，让人悬念。

没有名字的墓碑
——关于济慈

上大学二年级英文课时,教师是英国人。他除文章外还随意讲一些诗。一次曾问我们喜欢哪一家。我立即回答:济慈(1795—1821)。哪几首呢?《夜莺曲》和《希腊古瓮曲》。当时读书不多,感受却强烈,所以回答爽快。以后见识虽稍广,感觉却似乎麻木多了。常常迟疑,弄不清自己究竟怎样想,更不要说别人了。也许因为诗句本身的力量,也许因为读时年轻,后来的麻木并未侵吞以前的记忆。在杂乱的积累中,济慈的诗句有时会蓦地跳出,直愣愣地望着我。

一九八四年三月中旬,我们从英格兰西南部都彻斯特返回伦敦。进市区后,车子经过一些僻静的街道,停在一座房屋的小绿门前。英国朋友说,济慈在这里住过,《夜莺曲》就是在这里写的。我们没有提过要参观济慈故居,大概是贤主人知道我的故居癖罢,顺路便到这里——恰巧不是别人,而是济慈住过的地方。

这是一座小巧舒适的房屋。原属于济慈的好友退休商人查理斯·布朗和布朗的朋友狄尔克。济慈六岁失怙,十一岁失恃。一八一八年他的二弟病逝后,他应邀在这里居住,前后约两年,供济慈使用的是一间卧室、一间起居室。起居室在楼下,有法国式落地窗可以坐看花园。那里现在有绿草地、郁金香和黄水仙。室内书橱中有他同时代人的作品。窗旁有莎士比亚肖像。莎翁是济慈最爱的诗人。无论走到哪里,他都带着莎翁的像和作品。展品中还有他手录的莎翁的诗。卧室在楼上,有带帐幔的床,帐顶弯起如船底,是照那时的样子仿制的。据说济慈病重时,讨厌这帐幔的花样,便总到布朗起居室的长沙发上休息。底层还有一间他自己用的小厨房,石壁石槽,阴冷潮湿,看去一点引不起家庭的温馨的感觉。

济慈短促一生实在没有尝过多少人间的温馨。他孤身一人,无依无靠。虽然有友谊的支持,但总还是寄居。经济拮据,又不断生病。贫病交加,那日子也许非亲自经历不能体会。他为了生计，在一八一九年底曾谋求外科医生职位，他以前学过。布朗劝他继续写诗，并借钱给他维持生活。

一八一九年四月，布劳恩一家租住了这房子属于狄尔克的一部分。济慈和布劳恩家长女凡妮感情日笃。这一年的春和夏，大概是诗人最幸福的日子罢，五月一个清晨，他在这个花园里写出《夜莺曲》。那时这里还是个小村庄，这一带名为汉普斯德荒原，可以想见其自然景色。除夜莺一首外，《致赛琪》《忧愁》和他诗歌的顶峰《希腊古瓮曲》都是这时写出的。

飞呵飞呵 我要飞向你
不驾酒神的车
而是凭借看不见的诗翼

在《夜莺曲》中，济慈凭借诗的翅膀，同夜莺的歌声一起高高飞翔，展开丰富的想象。他要飞离人世的痛苦和熬煎。他在温柔的夜色中感到许多美丽的花朵，在夜莺狂喜的歌声中，死亡也变得丰富甜美。然而歌声远去了，留下的只有孤独。

据记载,一八二〇年春,有人看见济慈坐在小村外,对着眼前的自然景色痛哭。哪一位诗人不爱家乡、祖国,不爱家乡的田野、树木、溪水、花朵,不爱亲人朋友,不用全心拥抱生活?在知道自己不得不离开时,哭,恐怕也减轻不了他的痛苦吧。

老实说,去英国时,想到的都是小说家,还有一个莎士比亚。压根儿没有想起济慈。他的故居也不像勃朗特姊妹和哈代故居那样有当时的气氛。但去过后,车子驶过越来越繁华的街道,他的两句诗忽然闪出,直愣愣看着我:

> 美即是真,真即是美 —— 这就是
> 你们在地上所知和须知的一切。

如何解释这两句诗,已经有连篇累牍的文章。我当时联想到他不幸的一生,只有一声叹息。

三月二十三日我们到诗会做客。诗会是诗歌爱好者自己组织的团体。我们的老诗人方敬把我们的老诗人卞之琳翻译的《英国诗选》送给他们一本。他们十分高兴,建议选一首来朗读。这首诗恰又是济慈的《希腊古瓮曲》。诗会的前任会长,一位退休的中学校长朗诵英文原诗,由我念卞译中文诗。

  听见的乐调固然美，无从听见的却更美；——

  我听着老人轻微而充满感情的声音，心里知道他是怎样热爱诗，又怎样热爱济慈的诗。

  呵，幸福的幸福的枝条！永不会
  掉叶，也永远都不会告别春天
  幸福的乐师，永远也不会觉得累
  永远吹着曲调，又永远新鲜

  我念中文诗时，觉得卞先生的译文真是第一流的。我的"朗诵"虽未入流，但我相信如果济慈听见，一定高兴。

  回想他的故居展品中，有一个石膏面像，说是他死后从他脸上做出来的，看着想着都很不舒服。据说经过解剖，发现他的肺已经一塌糊涂，医生很奇怪他居然用这样的肺活了那么长。他是顽强的人。不顽强是无法作诗的。

  一八二〇年秋，济慈的病日益严重。医生说只有到意大利过冬才有救。英国天气阴冷，一百多年前没有很好的取暖设备,确不利于有病之身。我这次到英国一行,才懂得为什么英国小说里有夏天生火取暖的描写。九月十三日,济慈离开伦敦。船经都赛时,他曾上岸,最后一次站在英国的土地上。回到甲板后,眼看着英格兰在眼前慢慢地消失,他把自己的一首诗《明亮的星》写在随身携带的莎士比亚诗集里,在《一个情人的抱怨》旁边。这手迹陈列在他故居中,字迹秀丽极了。

意大利的天气没有能救他。一八二一年二月二十三日他终于告别人世,再也不能回到他爱的土地,想来那美丽的风光一直印刻在他心中吧;再也不能见到他爱的人,她戴着他赠予的石榴石戒指一直到死。

两天后他葬在罗马新教徒墓地。照他自己的安排,墓碑上没有名字,只有他自己选的一句话:

这里长眠的人
他的名字写在水里。

他的心在荒原
——关于托马斯·哈代

在英格兰西南部都彻斯特博物馆中，有一个小房间，参观者只能从窗口往里看。我们因为是中国作家代表团，破例获准入内。

这是托马斯·哈代（1840—1928）的书房，是照他在麦克斯门的家中书房复制的。据说一切摆设都尽量照原样。四壁图书，一张书桌，数张圈椅。圈椅上搭着他的大衣，靠着他的手杖。哈代像挂在墙上，默默地俯视着自己的书房，和不断的来访者。

他在这样一间房间里，就在这张桌上，写出许多小说、诗和一部诗剧。桌上摆着一些文具，还有一个小日历，日历上是三月七日。据说这是哈代第一次见到他夫人的日子，夫人去世以后，哈代把日历又掀到这一天，让这一天永远留着。馆长拿起三支象牙管蘸水笔,说哈代就是用它们写出《林中人》《德伯家的苔丝》和《无名的裘德》。

书架上有他的手稿,有作品,还有很多札记,记下各种材料,厚厚的一册册,装订得很好。据说这一博物馆收藏哈代手稿最为丰富。馆长打开一本,是《卡斯特桥市长》,整齐的小字,涂改不多。我忽然想现在有了打字机,以后的博物馆不必再有收藏原稿的业务,人们也没有看手稿的乐趣了。这手稿中夹有一封信,是哈代写给当时博物馆负责人的。大意说:谢谢你要我的手稿,特送上。只是不一定值得保存。何不收藏威廉·巴恩斯的手稿?那是值得的!这最后的惊叹号给我印象很深。时间过了快一百年,证明了哈代自己的作品是值得的!值得读,值得研究,值得在博物馆特辟一间——也许这还不够,值得我们远涉重洋,来看一看他笔下的威塞克斯、艾登荒原和卡斯特桥。

威廉·巴恩斯是都彻斯特人,是这一带的乡土诗人。街上有他的立像。哈代很看重他。一九〇八年为他编辑出版了一本诗集,哈代自己在某种程度上也可以说是乡土作家。可是他和巴恩斯很不同。巴恩斯"从时代和世界中撤退出来,把自己包裹在不实际的泡沫中",而哈代的意识"是永远向着时代和世界开放的"(乔治·伍得考科:企鹅丛书《还乡》序)。一九一二年哈代自己在威塞克斯小说总序中说,"虽然小说中大部分人所处的环境限于泰晤士之北,英吉利海峡之南,从黑令岛到温莎森林是东边的极限,西边则是考尼海岸,我却是想把他们写成典型的,并且在本质上属于任何地方,在那里'思想是生活的奴隶,生活是时间的弄人'。这些人物的心智中,明显的地方性应该是真正的世界性"。哈代把他的具有浓厚地方色彩的十四部长篇小说、四部短篇小说集总称为威塞克斯小说,但是这些小说反映的是社会,是人生,远远不只是反映那一地区的生活。小说总有个环境,环境总是局限的,而真正的好作品,总是超出那环境,感动全世界。

哈代的四大悲剧小说,《还乡》《德伯家的苔丝》《卡斯特桥市长》和《无名的裘德》,就是这样的小说。我在四十年代初读《还乡》时,深为艾登荒原所吸引。后来知道,对自然环境的运用是哈代小说的一大特色,《还乡》便是这一特色的代表作。哈代笔下的荒原是有生命的,它有表情,会嚷会叫,还操纵人物的活动。它是背景,也是角色,而且是贯穿在每个角色中的角色。英国文学鸟瞰一类的选本常选《还乡》开篇的一段描写:

天上悬的既是这样灰白的帐幕，地上铺的又是那种最苍郁的灌莽，所以天边上天地交接的线道，划分得清清楚楚。……荒原的表面，仅仅由于颜色这一端，就给暮夜增加了半点钟。它能在同样的情形下，使曙色迟延，使正午惨淡；狂风暴雨，几乎还没踪影，它就预先现出风暴的阴沉面目了；三更半夜，没有月亮，它更加深那种咫尺难辨的昏暗，到了使人发抖、害怕的程度。

今天看到道塞郡的旷野，已经很少那时一片苍茫、万古如斯的感觉了。英国朋友带我们驱车往荒原上，地下的植物显然不像书中描写的那样郁郁苍苍，和天空也就没有那样触目的对比。想不出哪一个小山头上是游苔莎站过的地方。远望一片绿色，开阔而平淡。哈代在一八九五年写的《还乡》小序中说，他写的是一八四〇到一八五〇年间的荒原，他写序时荒原已经或耕种或植林，不大像了。我们在一九八四年去，当然变化更大。印象中的荒原气氛浓烈如酒，这酒是愈来愈多地掺了水了。也许因为原来那描写太成功，便总觉得不像。不过我并不遗憾。我们还获准到一个不向外国人开放的高地，一览荒原景色。天上地下只觉得灰蒙蒙的，像里面衬着黯淡，黯淡中又透着宏伟，还显得出这不是个轻松的地方。我毕竟看到有哈代的心在跳动的艾登荒原了。

我们还到哈代出生地参观。经过一片高大的树林,到一座茅屋。这种英国茅屋很好看,总让人想起童话来。有一位英国女士的博士论文是北京四合院,也该有人研究这种英国茅屋。里面可是很不舒适,屋顶低矮,相当潮湿。这房屋和弥尔顿故居一样,有房客居住,同时负责管理。从出生地又去小村的教堂和墓地——斯丁斯福墓地。哈代的父母和妻子都葬在这里。

葬在这里的还有哈代自己的心。

墓地很小,不像有些墓地那样拥挤。在一棵大树下,三个石棺一样的坟墓并排,中间一个写着"哈代的心葬此"。这也是他第一个妻子的坟墓。

据说哈代生前曾有遗嘱,死后要葬在家乡,但人们认为他应享有葬在西敏寺的荣耀。于是,经过商议,决定把他的心留在荒原。可是他的心有着很不寻常的可怕的遭遇。如果哈代自己知道,可能要为自己的心写出一篇悲愤的、也许是嘲讽的名作来。

没有人能说这究竟是不是真的,但是英国朋友说这是真的——我倒希望不是真的。哈代的遗体运走后,心脏留下来由一个农夫看守。他把它放在窗台上,准备次日下葬。次日一看,心不见了,旁边坐着一只吃得饱饱的猫。

他们只好连猫一起葬了。所以在哈代棺中,有他的心,他的夫人,还有一只猫!我本来是喜欢猫的,听了这个故事以后,很久都不愿看见猫。但是哪怕是通过猫的皮囊,哈代的心是留在荒原上了,和荒原的泥土在一起,散发着荒原的芬芳,滋养着荒原的一切。

关于哈代作品的讨论已是汗牛充栋,尤其是其中悲观主义和宿命论的问题。他的人物受命运小儿播弄,无论怎样挣扎,也逃不出悲剧的结局。好像曼斯菲尔德晚期作品《苍蝇》中那只苍蝇,一两滴墨水浇下来,就无论怎样扑动翅膀再也飞不出墨水的深潭。哈代笔下的命运有偶然性因素,那似乎是无法抗拒、冥冥中注定的,但人物的主要挫折很明显是来自社会。作者在《德伯家的苔丝》中有一段议论,说"将来人类文明进化到至高无上的那一天,那人类的直觉自然要比现在更敏锐了,社会机构自然要比掀腾颠簸我们的这一种更密切地互相关联着的了"。他也希望有一个少些痛苦的社会。苔丝这美丽纯洁的姑娘迫于生活环境,一步步做着本不愿意做而不得不做的事,一次次错过自己的爱情,最后被迫杀人。这样的悲剧不只是控诉不合理的社会，在哈代笔下，还表现了复杂的性格，因为你高尚纯真，所以堕入泥潭。哈代把这一类小说名为"性格和环境小说"。在性格与环境冲突中（不只有善与恶的冲突，也包括善与善的冲突），人物一步步走向死亡。这正是黑格尔老人揭示的悲剧内容。

我们经过麦克斯门故居，因为不开放，只在院墙外看见里面一栋不小的房屋，那是哈代从一八八三年起自己照料修建的——他出身于建筑家庭，自己也学过建筑。他于一八八五年迁入，直到逝世。据说现在有人住，真不知何人胆敢占据哈代故居！

这次参观的最后一站是有名的悬日坛，这是一望无际的旷野上的大石群。据说是史前两千八百年左右祭祀太阳的庙。一块块约重五十吨的大石，有的竖立，有的斜放，有的平架在别的大石上，像是这里曾有一个宏伟的巨人，现在只剩了骨架。冷风从没遮拦的旷野上四面刮来，在耳边呼呼响，好像不管历史怎样前进，这骨架还在向过去呼唤。

我站在悬日坛边，许久才悟过来这就是苔丝被捕的地方。她在后门中睡着了，安玑要求来人等一下，他们等了。苔丝自己醒了，安静地说："我停当了，走吧！"这些经历了数千年风雨的大石当然知道,在充满原始粗犷气息的旷野上,像苔丝这样下场的人,不止一个。

我的毕业论文是以哈代为题的,那是三十五年前的事了。那时我以为哈代的作品并非完全是悲观的,它有希望。举的例子是《苔丝》这书中最后安玑和苔丝的妹妹结合,这表示苔丝的生命的延续,她自己无法达到、无法获得的,她的妹妹可以达到、获得。最近听说很多本科生研究生都以哈代为题做论文,以至关于哈代的参考书全部借完。其中有我的一位青年朋友。他深爱哈代,论文题目是《苔丝》。他以为安玑和丽沙·露的结合是安玑对苔丝的背叛,表明人性不可靠。有些评论也持此观点。我则还是坚持原来看法。哈代自己在《晚期和早期抒情诗集》序中很明确地说过:"我独自怀抱着希望。虽然叔本华、哈特曼及其他哲学家,包括我所尊敬的爱因斯坦在内,都对希望抱着轻蔑的态度。"他还在日记中说:"让每个人以自己的亲身生活经验为基础创造自己的哲学吧。"哈代自己创造的是有希望的哲学。他在作品中对资本主义社会的批判是无情的,但他给人留下的是生活中的希望。

关于悲观、乐观的问题,哈代还说他所写的是他的印象,没有什么信条和论点。他说:这些印象被指控为悲观的——这似乎是个恶谑——很为荒谬。"很明显,有一个更高级的哲学特点,比悲观主义,比社会向善论,甚至比批评家们所持的乐观主义更高,那就是真实。"

能仔细地看清真实需要勇气和本事,看清了还要写出来,需要更大的勇气和本事。哈代因写小说被人攻击得体无完肤,《无名的裘德》还被焚毁示众。有人说他因此晚年改行写诗,也有人说改行是因家庭原因。我以为他一直想写诗,在写小说时,常有诗句在他心中盘旋,想落到他笔下,他便也分给诗一些时间。他也可能以为诗的形式更隐蔽,能说出他要说的话。事实上,他从年轻时就一直断断续续在写诗。

回伦敦后,从访古改为访今了。我却还时常想起都彻斯特小城,星期天商店全关门,非常安静。旅馆外不远处斜坡下的那一幅画面:一座英国茅舍,旁边小桥流水,还有一轮淡黄色的圆月,从树梢照下来。我曾想哈代的铜像应该搬到这里。他现在大街上坐着,虽然小城中人不太多,也够吵闹的了。后来得知这茅舍有个名称,是刽子手宅。便想幸好哈代生在近代,生前便能知道得葬西敏寺(其实诗人角拥挤不堪,不如斯丁斯福墓地多矣),若在中古,难免会和刽子手打交道。

"如果为了真理而开罪于人，那么宁可开罪于人，也强似埋没真理。"这是哈代在《苔丝》第一版导言中引的圣捷露姆的话。看来即使他有着和刽子手打交道的前途，也还是不会放下他那如椽的大笔的。

哈代出生地展有世界各国译本，但没有来自中华人民共和国的中文译本，回来后便托人带去一本《远离尘嚣》。这篇小文将成时，收到都彻斯特博物馆馆长彼尔斯先生来信，他要我转告我的同行，他们永远盼着有欢迎中国客人的机会。

应该坦白的是，在博物馆中，我把哈代的手杖碰落了两次。也许是不慎，也许是太慎。英国朋友说哈代当然不会在乎，不过我还是要向他和全世界热爱他的读者道歉。

写故事人的故事

——访勃朗特姊妹故居

在英格兰约克郡北部有一个小地方,叫作哈渥斯。一百多年前,谁也没有想到,它会举世闻名。有这么多人不远万里而来,只为了看看坐落在一个小坡顶的那座牧师宅,领略一下这一带旷野的气氛。

从利兹驱车往哈渥斯,沿途起初还是一般英国乡间景色,满眼透着嫩黄的绿。渐渐地,越走越觉得不一般。只见丘陵起伏,绿色渐深,终于变成一种黯淡的陈旧的绿色。那是一种低矮的植物,爬在地上好像难于伸直,几乎覆盖了整个旷野。举目远望,视线常被一座座丘陵隔断。越过丘陵,又是长满绿色榛莽的旷野。天空很低,让灰色的云坠着,似乎很重。早春的冷风不时洒下冻雨。这是典型的英国天气!

车子经过一处废墟，虽是断墙破壁，却还是干干净净，整理得很好。有人说这是《呼啸山庄》中画眉田庄的遗址，有人说是《简·爱》中桑恩费尔得府火灾后的模样，这当然都不必考证。不管它的本来面目究竟如何，这样的废墟，倒是英国的特色之一，走到哪里都能看见，信手拈来便是一个。这一个冷冷地矗立在旷野上，给本来就是去寻访故居的我们，更添了思古之幽情。

到了哈渥斯镇上，在小河边下车，循一条石板路上坡，坡相当陡。路边不时有早春的小花，有一种总是直直地站着，好像插在地上。路旁有古色古香的小店和路灯。快到坡顶时，冷风中的雨忽然地变成雪花，飘飘落下。一两个行人撑着伞穿过小街。从坡顶下望，觉得自己已经回到百年前的历史中去了。

转过坡顶的小店，很快便到了勃朗特姊妹故居——当时这一教区的牧师宅。

这座房子是石头造的，样子很平板，上下两层，共八间。一进门就看见勃朗特三姊妹铜像。艾米莉（1818—1848）在中间，右面是显得幼小的安（1820—1849），左面是仰面侧身的夏洛蒂（1816—1855）。她们的兄弟布兰威尔有绘画才能，曾画过三姊妹像。据一位传记作者说，像中三人，神情各异，夏洛蒂孤独，艾米莉坚强，安温柔。这画现存国家肖像馆，我没有看到过。铜像三人是一样沉静——大概在思索自己要写的故事。眼睛不看来访者。其实该看一看的，在她们与世隔绝的一生里，一辈子见的人怕还没有现在一个月多。

三姊妹的父亲帕特里克·勃朗特年轻时全靠自学，进入剑桥大学圣约翰学院，毕业后曾任副牧师、牧师，后到哈渥斯任教区长。他在这里住到他的亲人全都辞世，自己在八十四岁上离开人间。他结婚九年，妻子去世，留下六个孩子，四个长大成人。他们是夏洛蒂，布兰威尔，艾米莉和安。会画的布兰威尔是唯一的儿子，善于言辞，镇上有人请客，常请他陪着说话。只是经常酗酒，后来还抽上鸦片，三十一岁时去世。

在原来孩子们的房间里，陈列着他们小时的"创作"。连火柴盒大小的本子上也密密麻麻写满了字，墙上也留有"手迹"。据说那时纸很贵。他们从小就在编故事。两个大的编一个安格利亚人的故事，两个小的编一个冈达尔人的故事。艾米莉在《呼啸山庄》前写的东西几乎都与冈达尔这想象中的国家有关。可惜"手迹"字太小，简直认不出来写的什么。

帕特里克曾对当时的英国女作家、第一部夏洛蒂·勃朗特传的作者盖茨凯尔夫人说：孩子们能读和写时，就显示出创造的才能。他们常自编自演一些小戏，戏中常是夏洛蒂心目中的英雄威灵顿公爵最后征服一切。有时为了这位公爵和波拿巴、汉尼堡、恺撒究竟谁的功绩大，也会争论得不可开交，他就得出来仲裁。帕特里克曾问过孩子们几个问题，他们的回答给他印象很深。他问最小的安，她最想要什么。答："年龄和经验。"问艾米莉该怎样对待她的哥哥布兰威尔。答："和他讲道理，要是不听，就用鞭子抽。"又问夏洛蒂最喜欢什么书。答："《圣经》。"其次呢？"大自然的书。"

我想大自然的书也是艾米莉喜爱的，也许是最爱的，位于《圣经》之前。几十年来，我一直不喜欢《呼啸山庄》这本书，以为它感情太强烈，结构较松散。经过几十年人事沧桑，又亲眼见到哈渥斯的自然景色后，回来又读一遍，似乎看出一点它的深厚的悲剧力量。那灰色的云，那暗绿色的田野，她们从小到大就在其间漫游。作者把从周围环境中得到的色彩和故事巧妙地调在一起，极浓重又极匀净，很有些哈代威塞克斯故事的味道。这也许是英国小说的一个特色。这种特色在《简·爱》中也有，不过稍淡些。现在看来,《呼啸山庄》的结构在当时也不同一般。它不是从头到尾叙述,而是从叙述人看到各个人物的动态,逐渐交代出他们之间的关系。过去和现在穿插着,成为分开的一段段,又合成一个整体。

一八三五年,夏洛蒂在伍列女士办的女子学校任教员,艾米莉随去学习。她因为想家,不得不离开。由安来接替。艾二十岁时到哈利费克斯任家庭教师,半年后又回家。离家最长的时间是和夏一起到布鲁塞尔学习九个月。她习惯家里隐居式的无拘束的生活。她爱在旷野上徘徊,让想象在脑子里生长成熟。她和旷野是一体的,离开家乡使她受不了,甚至生病。但她不是游手好闲的人,她协助女仆料理一家人的饮食。据说她擅长烤面包,烤得又松又软。她常常一面做饭一面看书。《呼啸山庄》总有一部分是在厨房里写的吧。夏洛蒂说她比男子坚强,比孩子单纯;对别人满怀同情,对自己毫不怜惜。她在肺病晚期时还坚持操作自己担当的一份家务。

夏洛蒂最初发现艾米莉写诗,艾很不高兴。她是内向的,本来就是诗人气质。她一八四六年写成《呼啸山庄》,次年出版,距今已一百多年了,读者还是可以感到这本书中喷射出来的滚沸的热情。她像一座火山,也许不太大。

从她的出版人的信中，我们知道她于一八四八年春在写第二本书，但是没有手稿的片纸只字遗留下来。一位传记作者说，也许她自己毁了，也许夏洛蒂没有保藏好，也许现在还在她们家的哪一个橱柜里。

一八四八年九月布兰威尔去世时，艾米莉已经病了，她拒绝就医服药，于十二月十九日逝世。可是勃朗特家的灾难还没有到头，次年五月，安又去世。安写过诗，和两个姐姐合出一本诗集，写过两本小说《艾格尼丝·格雷》和《野岗庄园房客》，俱未流传。她于一八四九年五月二十四日往斯卡勃洛孚疗养，夏洛蒂陪着她。二十八日病逝，就近殡葬。

牧师宅中只有夏洛蒂和老父相依为命了。

陈列展品中有夏洛蒂的衣服和鞋，都很纤小，可以想见她小姑娘般的身材。她们三人写的书，曾被误认为是出于一个作者，出版人请她们证实自己的身份。夏和安不得已去了伦敦。见到出版人拿出邀请信来时，那位先生问她们从哪儿拿来的这信，完全没有想到这两个小女人就是作者。

三人中只有夏洛蒂生前得到作家之名。她活得比弟妹们长，也没有超过四十岁。她在布鲁塞尔黑格学校住过一

-239

年多，先学习，后任教。这时她对黑格先生发生了爱情。她爱得深，也爱得苦，这是毫无回报的爱。这也是夏一生中唯一一次的充满激情的爱，结果是四封给黑格的信，在他的家里保存下来。夏于一八五四年六月和尼科尔斯副牧师结婚。她看重尼科尔斯的爱，对他感情日深。勃朗特牧师宅中有一个房间原是女仆住的，后改为尼科尔斯的房间。

夏洛蒂于一八五五年三月，和她五个姊妹一样，死于肺病。

楼上较大的一间房原是勃朗特先生用，现在陈列着三姊妹著作的各种文字译本，主要是《简·爱》和《呼啸山庄》。但是没有中文本。这缺陷很容易弥补。要知道我们中国人读这两本书非今日始，上一代已经在读在译了。我们立刻允诺送几部中译本来陈列。

从窗中望去，可见近处教堂尖顶，据说墓地也不远。勃朗特全家除安以外都葬在那里。因为时间关系，我们不能去凭吊。离开牧师宅时看见有人在三姊妹像旁拿了一张纸，我也去拿了一张，原来是捐款用的。这里的一切费用都是三姊妹的忠诚读者捐赠的。人生得一知己足矣，有这样多的人爱她们，关心她们的博物馆，真让人高兴——当然不只是为她们。

我们又回到旷野上。风还在吹，雨还在飘。满地深绿色看不出一点摇动，仿佛天在动，而地却停着。车子驶过一座又一座丘陵，路一直伸向天边。这不是简·爱万分痛苦地离开桑恩费尔得的路么？这不是凯瑟琳·恩萧和希斯克利夫生前和死后漫游的荒野么？他们的游魂是否还在这里飘荡？勃朗特姊妹在这里永远与她们的人物为伴了。

听说这一带还有勃朗特瀑布、勃朗特桥，一块大石头是勃朗特座位，连这个县都以勃朗特命名了。人们说夏洛蒂是写云能手，而艾米莉笔下的风雪也使人不忘。或许还该有勃朗特云和勃朗特风雪吧。

看不见的光
——弥尔顿故居及其他

这座小屋是约翰·弥尔顿一六〇八到一六七四年住过的，至少有三百余年历史了。据说有一部分重修过，还时常修葺，所以不很破旧。但那砖砌的烟囱和窄窗都表现出它的古老。低矮的门，狭窄的门道，不大的房间，这就是二十年奔走革命以后弥尔顿老人活动的场所。进门左手一间是从前的厨房，壁炉里吊着旧式的锅、壶等，吊杆上有很多锯齿，可以移动容器，掌握离火的远近，还有个像大钟似的烤炉，很有田舍风味。右边一间是从前的起居室，现在陈列着弥尔顿的著作。据说老人每天清晨即起，在室内踱步，一面构思，等女儿起身后，便将腹稿口授给女儿笔录。

他四十四岁双目失明,在黑暗中过了二十年。他的伟大诗篇《失乐园》《复乐园》和《力士参孙》都是在这一时期写成的。它们给人怎样灿烂的光辉!有的评论家说,人们常用崇高这一字眼,但真正当得起的,只有很少数的艺术品,弥尔顿的史诗是其中之一。

作为一个诗人,弥尔顿有两个特点,一是有生活,一是有学问。他用一生三分之一的时间参加政治斗争,为国为民也为他的教会,积极反对君主专制。他主张人人生而平等。最先大声疾呼支持处决查理一世。他担任克伦威尔共和国政府的拉丁文秘书,为共和国政府做了很多宣传方面的工作。他的《为英国人声辩正续篇》里说:"基督教徒不应有任何国王,既已有了一个,他应是国民的公仆。"他在《失乐园》里歌颂了撒旦反对上帝的斗争,也对后来成为独裁者的克伦威尔有所批评。我想这是能写出称得上伟大、崇高作品的一个重要原因。

弥尔顿的政治生活使他取得直接的经验,他的博览群书使他取得间接的经验。《失乐园》里有这样三行诗:

途中,它(按——指撒旦)降落在塞利卡那,
那是一片荒原,那里的中国人推着轻便的竹车,靠帆

和风力前进。

杨周翰先生从这三句诗出发,写一篇文章《弥尔顿失乐园中的加帆车》,文中论及知识与创作的关系。说弥尔顿的学识使他的作品获得"高致"。"高致"是看不见的,也不是立竿见影能得到的。只能在读万卷书,行万里路中渐渐地"高"起来。"读万卷书,行万里路"这八个字不知出自何典,它形象地说出生活和学识对于创作的必要性。

小屋外是普通小花园,整洁宜人。这一切都由一个"房客"照管。这是英国管理故居的办法之一。由一家居住,也由这一家负责维护、接待参观。楼上原为弥尔顿卧室,现因这家主妇生产,参观者不准上楼。

我在小园中少立,觉得屋内外都给人寥落凄清之感。比较起来,弥尔顿比勃朗特姊妹的知音少得多了。也许最好的艺术总是曲高和寡?也许他太古老了?也许诗歌本身总是更受语言限制,不易翻译,不易理解?老实说,我就只读过《失乐园》的片段,还不是很认真,更不要说他的其他诗作。但是他的革命精神,他的政治活动,他的学识都融会在他的诗里,发出看不见的光。他在英国文学史上的地位是不朽的。

这次带我出游的主人是三十多年前我在南开大学读书时的老师，刘荣恩贤伉俪。三十多年前他们离南开便在英国居住，对英国文化很了解，了解又加上热心，所以弥尔顿故居并非最后一站。再向西行，到一个十六世纪古镇爱默先姆。这是一条很有趣的街，仿佛是故意搭起来拍电影用的。两旁房屋有的不免东倒西歪，但因维修仔细，不显风雨侵蚀的痕迹，好像一张保养得很好的老人的脸。那大车店的窗户依旧古式样，黑框白底涂抹分明。门很宽，敞开着，似乎随时会有驿车进来。它使我想起我们涿鹿县的大车店，那门也是这样的。二十五年前我还坐在马车上出入过。这里房屋不高，小门临街，以前都是黎民百姓的住所。现在据说租金越来越贵。街中有一座两层的石建筑，有柱无墙，是当时的粮食市场。主人引我进了旁边一具黑洞洞的门，里面弯弯曲曲有店铺。我们到一个香草店，店里全是各样加工过的香花香草，幽香沁人。据说现在又时兴用香草了。想是香水不够古雅吧。店主人是胖胖的妇女，知道我从中国来，立刻说他的叔叔到过中国，还上过万里长城呢。这样的寒暄我遇到多次了。很抱歉，我总怀疑他们当时是打仗去的。不过现在的笑容很是诚恳热情，不该勾起往事。最主要的是，我们自己已经不是一盘散沙，不可轻侮了。我们这东方的巨龙正奋力摆脱贫穷和愚昧的泥潭。因为坐在巨龙背上，世界对于我，才是一个自由的地方。

我们带着满身幽香到一个小饭馆吃饭。店门外有一株杨柳，就凭这一株柳树，店名就叫杨柳。店很小，但一进门便看见壁炉里烧得正旺的火，满屋暖洋洋的。那生菜真好。现在回想，店主人该把苔丝德蒙娜的杨柳歌贴在墙上作为装饰的。

英国有这个特点，到哪儿总能找出点古迹。他们深以悠久深厚的文化传统自豪，不遗余力地保护称得上是古迹的一切。从前有人说，英国人善于用旧瓶装新酒，中国人善于用新瓶装旧酒。他们"新"，想是指资产阶级革命而言，现在也不见得新。我们的旧，想是指封建主义而言，也总该换掉了。人不能把自己束缚在过去。过去应该像弥尔顿的生活底子和学识一样，要在这上面写出伟大的史诗来，发出看不见的光。

归途中又下雨了，绿色的田野在薄暮的朦胧里，随着山坡起伏。弥尔顿故居在小村的田野间，很快就看不见了。

行走的人

——关于《关于罗丹——日记择抄》

曾对朋友说,若到巴黎去,一定得带上熊秉明著《关于罗丹——日记择抄》这本书(台湾雄狮图书公司出版)。它能帮助理解罗丹,欣赏罗丹。

难道只是去巴黎时,看罗丹雕塑时,才需要这书吗?其实不是的。在人生的行程中,若想活得明白些,活得美些,都应读一读这本书。

许多书的归宿是废纸堆,略一浏览,便可弃去。部分书的归宿是书柜,其中知识,可以取用。有些书的归宿则在读者的灵魂中。这书便是那样,印在那里,化在那里,亮在那里。

书的封面上印着罗丹创作的铜像"行走的人",没有头,也没有双臂,却迈开大步,在行走。书中说这是任何自然的阻力都抵挡不住的主体精神力量的显现。

"那一个奋然迈步的豪壮的姿态,好像给'走路'一个定义,把'走路'提升到象征人生的层次去,提升到'天行健'的哲学层次去。""人果真有一个目标吗?怕并没有。不息地前去即是目的。全人类有一个目的吗?也许并没有。但全人类都亟亟地向前去,就是人类存在的意义。"

这是作者一九四七年的日记。我没有见过那塑像,但已被这文字感染了,启发了。

书中有许多精辟的充满哲理的艺术见解,也讲到哲学和艺术的关系。"画一个苹果,若不能画出苹果以上的意义,那大可不必画。哲学不包含丰富的现实,也一样没有价值。"我注意到这一段话是在读小说后写的。那小说是德国黑塞的《纳齐思和戈德蒙》。

忽然记起有一位旅居海外的哲学家曾对我说,很羡慕你们写小说的人。何以呢?不明白。

一个有哲学头脑而又有艺术实践的人是有福的;一个沐浴在西方艺术之中而又曾为中国文化所"化"过的人更是有福的。书中谈到东西方艺术鉴赏的差别,谈到"人体的诗篇"、浪漫主义的主要观念等。深刻的睿智的见解仿佛很不经意地从笔端流出,让读者也觉得自己聪明了许多。

一九四九年和一九五〇年,作者两次记述了和朋友讨论回国问题,回不回去?他们处在人生的十字路口,各自作出抉择。一九五〇年初,他们曾有一次彻夜的谈话,朋友们回国,作者因要继续学习,留在了巴黎。在这一天日记后有一个"今注",是一九八二年的注。

"三十年来的生活就仿佛是这一夜谈话的延续——当时不可知的,预感着的,期冀着的,都或已实现,或已幻灭,或者已成定局,有了揭晓。醒来了,此刻。抚今追昔,感到悚然与肃然。"

曾有人把回来的和不回来的,不出去和出去的同一代人比作申生与重耳。果然那回来的艺术家经过不断沉痛忏悔,竟以为自己的绘画是浪费了纸张,自觉地满街捡马粪纸,以赎前愆。作者对朋友的同情是深厚的,他知道生活的分量,不像有些人只知一味责备别人的检讨。不过在揭晓之后,还有揭晓,又会有新的不可知,新的预感和期冀。

若无隽永的文字传达这些妙赏和深情,就不成为现在的"日记择抄"了,那文字是绝妙的,咀嚼三日而有余味。不知道作者怎样获得这样的文字功夫,毫不着力的功夫。照说他该有数学的天赋。

熊秉明，现任巴黎第三大学教授，是数学家熊庆来先生之子；也曾是清华子弟，少年时在清华园西院，那荷塘的一侧居住过。云南是他的家乡。《择抄》中记了他对中国人——昆明人的面貌的怀念。"那面型我熟悉极了，那上面的起伏，是我从小徜徉游乐其间的山丘平野，我简直可以闭着眼睛在那里奔驰跳跃，而不至于跌仆。"

扯不断的乡思，把他从巴黎拉近了。世界在变小，因为，人在行走。

走向前去。向前去！

彩虹曲社

"破不刺马嵬驿舍,冷清清佛堂倒斜,一代红颜为君绝,千秋遗恨滴罗巾血。半棵树是薄碑碣,一抔土是断肠墓穴。再无人过荒凉野,莽天涯谁吊梨花谢!可怜那抱幽怨的孤魂,只伴着呜咽的望帝悲声啼夜月。"

这是《长生殿》弹词一节中的七转。我们在夏威夷一所小学校教室里,听几位朋友唱,唱声清越,忽而高遏行云,忽而沉入地下;直起直落,如同铁画银钩,不要圆滑,不要坡度,勾勒得极峭极美。连那心窍不通处,都由这陡笔打通了。

"我只为家亡国破兵戈沸,因此上孤身流落在江南地。"声音悲凉凄楚,从极高处陡然跌落下来,像是负荷不了那悲痛。一时间空荡荡的教室里充满了凄冷。

窗外有四时不谢的奇花异草，远山笼罩在烟霭中，山坡上散落着世界各种样式的房舍。眼前的景色是美的，我却不觉为这些身处异国的朋友感到浓重的乡愁。我的眼泪涌上来了。可是唱的人并不哽咽，伴着悠扬的笛声唱完了煞尾。"今日个知音喜遇知音在——这一曲霓裳播千载。"

我对昆曲是外行，根本没有听过几次，但十分喜欢。尤其这一次唱给我印象极深。

一九八二年夏的一个星期六下午，居住在夏威夷的语言学家李方桂和夫人徐樱，中国戏曲专家罗锦堂夫妇，还有两位女士和一位癌症研究中心的青年医生，在一起唱曲自娱。父亲和我得往聆听。据罗先生说，他们原轮流在各家唱，邻居听得这般怪声，以为出了什么事，找了警察来。后来便选定这小学校。星期六下午学校无课，没人听见。他们自带点心，唱一阵休息一下再唱。有时兴起，连晚饭也免去，直到尽兴方休。

"你道翠生生出落的裙衫儿茜，艳晶晶花簪八宝钿，可知我一生儿爱好是天然？"

"弹词"唱过是"惊梦"，词句随着音乐送入心中，真觉得芳香直浸骨髓。我一面听一面诧异，他们怎么唱得这样好！五十年代曾在北京看过一次周、袁两女士的

《游园惊梦》，载歌载舞，美妙极了。似乎票友总胜过专业演员。因为前者只凭着迷。"一生爱好是天然"，没有任何功利打算；后者要受到种种客观制约。能"着迷"的人是可爱的。对任何事都不着迷的人，不只乏味，还有些可怕。

这几位朋友都迷着昆曲，迷得很天真。李夫人徐樱女士是家传，唱得好，还管吹笛子。这一场除她自唱的几段外，都是她吹笛子。后来自己笑说："都出汗了。"出了汗，还吹，还唱。罗锦堂夫人身体不好，声音却高而且亮，充满了感情。那位青年医生也唱得抑扬顿挫，字正腔圆，若是他唱一段曲子作辅助治疗，一定有好效果。

回来后听过几次昆曲，总觉得不像。各种艺术还是突出自己的特色为好，若互相靠拢，让人总觉差点什么。昆曲若无那点陡峭味儿，便无意趣。几乎以为，要听真正的昆曲，必须要前往夏威夷了。当然，其实这方面的艺术家颇不乏人，且有极出色者，只是我无缘得见罢了。

前几天，偶然在电视里看到昆剧演员汪世瑜表演《拾画》，十分倾倒。一举手一投足，是那样潇洒，一发声一吐字，是那样润畅，歌和舞浑成一体，把人带到"寒花绕砌，荒草成窠"的废园中。

看来只要艺术精湛，业余和专业并不是界限。但是夏威夷那次听曲，余音绕梁，三年不去。可能因为他们的唱只是抒发胸臆，得不到掌声与喝彩，他们是唱给空荡荡的教室听的。

他们住处都离夏威夷大学不远。这一带因常有微雨，常有雾色，也常有彩虹，所以有彩虹谷之美名。那天我们出来时，便见半段彩虹，横在远山和云雾之间。他们的曲社，便名为彩虹曲社。

即以此文寄意所有的久居异乡的朋友，愿彩虹常现，人长健，曲常新。

羊齿洞记

记得二十二年前写《西湖漫笔》时，第一句便是"平生最喜游山玩水"。岁月流逝，直到现在，还是改不了山水旧癖、烟霞痼疾。

一九八二年美国的三个月之行，原拟偷暇去寻访几处自然景色，行到第一站檀香山，便知很难做到了。八十七岁的老父兴致虽好，究竟行动不便。七月十二日，国际朱熹会议组织花园岛之游，本应陪侍老父，不能前往。幸有历史研究所的冒怀辛先生，情愿代我一日之劳，我才得以一览幽胜。

到花园岛之前，并不知岛上有个羊齿洞，只听说在夏威夷群岛中，花园岛是最美的一个。从檀香山乘飞机，掠过大海，二十分钟即可到达。岛上满眼绿色。车行在蜿蜒的公路上，随时可以看见大海：有时灰，有时蓝，有时茫茫一片，有时闪亮得刺眼。路旁除树木外，最多的是甘蔗田，随着山势起伏，偶有较平坦处，颇有些"青纱帐"的意思。

到了外米亚山谷，红黄色的泥土和岩石裸露在外，没有绿色覆盖，给人一种原始的赤膊的感觉。因为峡谷太深、太宽而不陡，初看时不知其深到何等地步；仔细看谷底，却又看不见。不一会儿，一架直升飞机从谷中飞过，飞机在我们下面，也不显得很大，才知道这峡谷之大了。然而这只是一个准大峡谷，比起美国大陆著名的大峡谷，还差得远呢！

望台上风很大，吹得人几乎站不住。那赤裸的原始的峡谷，却似乎什么也不觉得，只是默默地任风吹，凭雨淋，没有遮拦，没有雕饰，把人吸引了来，又把人的想象牵引到不知何处。

中午在椰林饭店午餐。饭后与澳洲学者柳存仁先生、任继愈兄、邱汉生先生和李泽厚学长一起在椰林中散步。椰林一端望不到边，林中遍生青草，隔不远便有一个小炉子，当为晚会时烤肉用，林的另一端与餐室间，有一条莹洁的小河，水上有独木舟，岸上有奇花异树，无人叫得出名字。又有几位日本学者和我们一起谈笑,在树下水旁,兴致勃勃,都早把朱熹老人抛在脑后。

然后乘船。船很大,游人凭栏而坐,中间有夏威夷姑娘跳舞。前几天,在夏威夷商店里看见过草裙舞,裙已非草制,但式样还是仿草裙的。船上的舞者穿长裙,跳的当然仍是民间舞。舞者身材、面目都很秀美,肤色很黑,睫毛很长,舞姿曼妙,她们自己似乎也很快活。但是想想她们靠这个吃饭,背后的辛酸,还不知有多少呢!

水平如镜,两岸树木郁郁葱葱,绿得很浓。映在水中,连水也是浓绿色。夏日的阳光也很浓。一切都是浓酽的,浓酽得有些慵懒。据美国朋友说,这是夏威夷的一个特点。

船到转弯处停泊了,大家弃舟登岸,一上岸不觉诧异,原来已置身热带树林中。树身高大茁壮,藤蔓纠结。把骄阳隔在远处。循小路上行,两边全是植物的世界,很少空隙。走着走着,忽然豁然开朗!我真不知世间还有这样奇异的景色。

这是一个很大的洞,大到不觉得它是洞。大束大束的羊齿植物从洞顶悬挂下来,一片叶子接着一片叶子,突出到洞顶外,仿佛这洞翻了个个儿。这些植物本该朝上长的,却朝下长了。大滴的水珠,不断从洞顶落下来。滴在羊齿草上，每片叶子都那么绿，那么亮，绿得透明，绿得鲜嫩，不是盆景中的绿，也不是"绿满阶前"的绿，而是悬在头顶上、很大很大的任意生长的一片绿。它像瀑布一样垂下来，好像就要流到我们身上，浸湿衣服，浸湿每一个人……

我一直抬头望着，望得脖子发酸，才想起来问："这是什么地方？"奇怪的是，无论北京来的，台湾来的，还是美国大陆的各方学者，都不知道。

大家一面赞叹，一面循着靠侧面洞壁的窄坡向上，走到一个平台。平台边洞壁有一处凹进去的地方，就像一个供奉佛像的坛座。我忽然想，应该有一个精灵住在这儿，绿色的、头上长着角一样两棵羊齿草的小精灵。若是他问我有什么愿望，我会告诉他：我愿用一切代价换得弟弟的健康！我那身染沉疴的弟弟啊，你现在感觉怎样？我真想把这洞天一下子移到你的面前……

从高坡下望，地上全覆盖着矮矮的植物，也是千姿百态。绿丛中有一泓水，浅浅的，很清澈。这是洞顶的水，流过羊齿草滴下来积成的，也不知有多少年了。

归途中，我满眼仍是洞中的景色。车又停过几次，可我都没有注意观赏。一处似是睡巨人山（不是"睡美人"，而是"睡巨人"）；一处据说可以看到瀑布，可谁也没有看见瀑布在哪里。几位英、美女学者和我,在路边攀谈、照相,哈佛杜维明教授走过来,对我说:"我打听到洞的名字了。"他随即说了那英文名字,意思是"羊齿植物洞",哦,羊齿洞!

会议结束后,我们在檀香山又逗留了几天,才有暇找地图、导游书等来看看,这才发现,羊齿洞不仅风景特殊,还有一个大用场——结婚圣地。

花园岛的结婚办法很富有浪漫色彩,结婚证是到游船部、照相馆领的,手续简便。然后到椰林中的教堂或羊齿洞举行仪式即可。原来那小小的"坛座",还真有"圣坛"的作用呢!

那"坛座"上的绿色精灵,是不是该改为手持红线的月下老人呢?我不知道,不过我知道,那绿色的小仙早已飞进许多各种肤色的人的心中,并永远留驻在那里了。

在黄水仙的故乡

近年从外面旅行回来,常有一句问话在等着:你印象最深的是什么?这次归自伦敦,不必等问,我逢人便说,印象最深的是黄水仙。那在绿草地上轻轻摇摆着的、明亮的黄水仙。

最初见到这花是在英国朋友家里,是栽在盆中的。"这就是华兹华斯所写的黄水仙。"她指给我们看。只见一丛黄色的花,花瓣形状有些像养在水中的中国单瓣水仙,然而大得多,整个花朵犹如饮黄酒用的大酒杯,在窗台上安静地垂着头,似乎并没有什么特别出色之处。

根据记忆的诗句,这花应该是"一眼望去千万朵,摇着头儿舞婆娑"的。花盆里,窗台上,显然不是它应该居住的地方。

伦敦已经没有人为的雾。但因天气阴晴不定，时常飞雨飘忽，景色远望总有些朦胧，好像一幅幅水墨濡染的画，颇有我国江南韵味，市内有几处公园，在淡淡的朦胧中，那大片草地总像刚经过细雨浇洗，绿色中常有一小块鲜亮的黄。驱车来去经常看见。"那是黄水仙了。"大家指点说，只是没有停下来看过。

和北京的春天特别短相反，英格兰的春天特别长。晴晴雨雨，迟迟疑疑，乍暖还寒。一天到白金汉郡的一所大宅去参观，这座宅子名为沃德逊府，原属私人，现已交国家。看完外面巍峨的众多尖顶，里面豪华的复杂陈设，便往它所属的园地走去。经过鸟厅、玫瑰亭，又经过一种软皮的大树，我们来到一个长满绿草的山坡。满眼的绿十分滋润丰满，又像是刚下过雨。走着走着，我忽然觉得眼前一亮。

草地上好大一片黄水仙！它们随着微风轻快地摇摆。简直分不清一朵朵花，只觉一片跳动着的嫩黄，让人眼亮心明。它们好像冷不防把景物中那点朦胧揭去了，告诉人们不管怎样乍暖还寒，看！明媚的春天在这里呢。

我看着，看着，竟没有想到

这景象带给我怎样的珍宝。

又是华兹华斯的诗句，对于每一个作者来说，他的所见所闻不知什么时候会给作品添上胜过珍宝的光辉。对于每一个看花人来说，自然的生命的欢乐又是艺术的力量比不上的。这后一点也许需要存疑，或者说对作者是一种鞭策。

以后在格林威治公园、克有皇家公园都看到大片黄水仙翩跹起舞，每次都使我惊喜。这大片的花总少不了更大片绿草地做背景，使人于惊喜中又感到开阔而踏实。

同伴们回国后，我独自留在伦敦，每天走约二十分钟的路去乘地铁，到大英图书馆看书，二十分钟的路，一路都是住宅。每座房屋前空地不大，但都整治得很好，种着各种花草。其中当然少不了黄水仙，它们一丛丛站在绿草间，调皮地把头歪来歪去。

英国人喜欢黄水仙是无疑了，有华诗为证。它一定也是容易种的，才这样随处可见。它很普通，绝不孤芳自赏，每一棵每一朵都很平淡。但是成为一大片时却那样活泼，那样欢乐，那样夺目，又那样朴素。它们形成群体时才充分显出自己这一种花的美。它们每一朵每一棵都互相依靠，而且紧挨着绿草地的胸怀。

一眼望去千万朵

摇着头儿舞婆娑

美丽的黄水仙，这时想已谢了。

一九八二年九月十日

写这篇文章,有些像写历史小说。因为记的是一九八二年九月十日这一天,而现在已是一九八五年底了。三年如逝水,那一天情景却仍然历历在目,没有冲淡,没有洗掉。看来应该记录在案。

三年前九月十日,美国哥伦比亚大学赠予父亲名誉文学博士学位。这是我侍八十七岁老父赴美的起因。

但这次旅行的实际动机是,据我们的小见识,以为父亲必须出一次国,不然不算解决了政治问题。所以才扶杖远涉重洋。总算活着出去,也活着回来。所获自不止政治上争了口气和一个名誉博士学位。

我们在九月九日自匹兹堡驱车往纽约,到市郊时已是黄昏,路边的灯不知不觉间亮了起来,越来越多。到哥大招待所时，黑夜已先我们而至了。从高楼的房间里下望，只见一片灯光的海洋，静止的闪烁的和流动的光，五彩缤纷，互相交叉，互相切入，好不辉煌。

十日上午，有几家报纸和电台来访，所问大多为来美感想。其中一位记者与我的兄长在宾州大学同学。大家又一次慨叹世界之小。在不断的客人中，清华老学长黄中孚出现在门前，宣称带来了熨斗，问我们的"礼服"是否需要熨一下。接着我在费城的几位女友联袂而至，带来四双鞋任我挑，因为据说我的鞋不大合格。这时我们不但惊世界之小，更喜人情之厚了。

下午四时，在哥大图书馆圆形大厅举行了隆重的授予名誉博士的仪式。仪式由哥大校长索尔云主持。上台的几个人都罩上了丝绒长袍，很庄严，可也很热。索尔云笑道："荣誉和安逸是不能并存的。"

仪式最先由哥大哲学教授狄百瑞先生致词。这次赠授学位本系他所倡仪。狄先生在香港中文大学新亚书院讲学时，对他的介绍中有一句话："先生本一介书生。"看到一位金发碧眼的书生，觉得很有趣。他致词中说："我自己不能理解也不能同意近年来对冯先生的批评；我也不妄自评价他的行为意义。我以为，他了解自己是有困难的，其中有尖锐的冲突。但是他忍耐,他永不失望,总是向着未来,相信中国和西方会有更好的了解。他是中国真正的儿子,也是哥伦比亚可尊敬的校友。他的学术研究为促进我们两大民族的了解,作出了很多贡献。"

之后由索尔云致词,授证书,戴兜帽。再由父亲致答词。这份答词已收入《三松堂自序》。他在答词中概括地讲述了自己六十年哲学路程。最后再次引用了"周虽旧邦,其命维新"这两句诗。他的努力是保持旧邦的同一性和个性,同时要促进实现新命——现代化。请注意"旧邦新命"的提法首见于冯撰西南联大纪念碑文:"我国家以世界之古国,居东亚之天府,本应绍汉唐之遗烈,作并世之先进。将来建国完成,必于世界历史,居独特之地位。盖并世列强,虽新而不古,希腊、罗马,有古而无今。惟我国家,亘古亘今,亦新亦旧,斯所谓'周虽旧邦,其命维新'者也。"碑文作于一九四六年。这次又提到这两句,强烈地表现了老人一贯热爱祖国的精神,如日月昭昭,肺腑可见!

答词中还说,在国家统一、建立了强大的中央政府后,会出现新的广泛哲学体系,作为国家的指针。中国今天也需要一个包括新文明各个方面的广泛哲学体系来指导。对于这一点,父亲的挚友卜德提出了异议。

仪式之后是招待会，父亲坐在轮椅上和来祝贺的宾客握手，不少人问起我的创作，现在很觉惭愧。三年来我在这方面毫无进展。晚上为父亲举行的宴会上，有几位朋友讲了话。卜德先生是《中国哲学史》两卷本的英译者，曾数次到中国，他自己说，一九七八年是最后一次，那年他两次到北大，都未获准来见父亲。他确曾写过一信，说既然如此，他永不再来。如今逢此盛会，彼此感动可想而知。感动和欢喜不妨碍他坦率地说出自己的看法。意见不同也丝毫不妨碍友谊。这使人感动和欢喜。

卜德那一段异议译文大意如下："冯先生答词中说，一国政治的统一往往伴随着新的统一的哲学，并以为今天也要如此。可以理解，在任何时代和国家中，许多人——特别在他们经历了严酷的政治、社会紧张局面之后，会渴望有一个无所不包的单一的体系，使他们知道如何待人处世，如何对待人类以外的世界，这体系会使人得到心理上的平安和有社会目的。但是如果这样，特别是官方支持时，就会走向教条主义和盲目的狂热，使人不敢提出问题。所以我以为，理智的多样思考，尽管会带来实际困难。总是比整齐划一为好。我以为，先秦的百家争鸣，汉以后佛道教的争辩，比后来政府支持的正统儒家，更能促进理性的发展。"

父亲后来说，当时无时间深谈，可是卜德说的不需要正统，这不需要本身也是一个正统。所以在一个时期中还是要有大多数人共同的思想。我很怕落入哲学的论辩，制止他再发挥。我以为一个时期大多数人共同的思想最好是自然形成而非人为强制。可以提倡，而不应禁止。数千年封建制度使我们习惯于统一，最好也渐渐习惯于不同、多样。

晚宴上发言的还有哥大副教授陈荣捷和哈佛教授杜维明。陈先生说，最重要的是，当别人都贬低中国文化传统时，在一片全盘西化的呼声中，冯先生写出了他的哲学史，使知识界重新信任自己的传统。他至少给了中国哲学以尊严，如果还不是荣耀的话。这就保证了他在中国历史上的地位。杜先生说，冯教授最关心的是儒家文化的个性和为科学技术规定的世界文化二者的创造性综合。这和儒家那永远的追求不可分。那追求是：在使人性失去的世界中，追求充分的人的意义。

最后父亲讲了一则轶事：我们在旧金山机场遇到一位老人，攀谈起来。那位老先生问，你们来自中国，可知道冯友兰先生是否还在世？双方大笑后得知老先生也是哥大校友，比父亲高一班。老先生说大家都非常关心父亲的情况。晚宴结束了。父亲再次感谢哥大，也感谢在美国体验到的温暖的人情和理解。

回到房间里，凭窗而望，见灯光的海洋依旧。心头不觉泛起一阵温暖的波浪，这是人情的温暖，是逐渐了解的温暖。一张张含笑的面孔在眼前掠过，仪式上的，招待会上的，晚宴上的，还有两个多月来的新朋旧友，他们那关心的、寻求理解的目光比灯还亮。灯光的海洋流动着，夜复一夜。从昨晚到今晚，有多少页人生的书翻过了呢。

安波依十日

一九八二年九月十一日,我们来美国的事情已完。这天只和家人往游新泽西州的天然动物园,是计划中唯一的余兴节目。

哥伦比亚大学东院招待所的房间进口处有小楼梯,约七八阶。清晨出门,父亲上楼梯时脚步不稳,这几天确实太累了。问他哪里不舒服,他说很舒服。见他兴致勃勃,谁也不愿扫兴。我们在校外小店进早餐,和父亲的挚友卜德博士话别。他很为只有孙女没有孙男而遗憾,笑说自己是老封建。早餐后他站在街角处看我们驱车离去。他是个瘦削的老人,白发如银。街上空无一人,也没有风吹起他的衣角或白发。父亲在车中招手。我想,他们两人恐怕再难会面了。

天然动物园的景致若使贾宝玉来评点,当说它造作。狮子懒洋洋睡在路旁,金钱豹躲在不知何处;猴子爬到汽车顶上,鸵鸟歪着头往车窗里瞧,都希望得点好吃的。据说非洲的天然动物园大不相同,要"天然"得多。这里的游乐园,连同动物园一起,有个招徕游客的名字——"大惊险"。可是我们都没有多少惊险之感,真正的惊险场面出现在返回纽约的路上。

路是平坦的,虽然很少颠簸。总不同于家居。父亲是很累了,但他还是说"很舒服"。他的额头不热,手却冰凉。"千万等回国以后再生病。"我心里说。这时忽然听到异常的声音。咔嚓咔嚓,有节奏地响着。哥哥把车开到路边停下。

"左边轮子坏了。"哥哥宣布,"得换下来。"

车后有现成的轮子和工具。哥哥患严重的关节炎,无法操作。嫂嫂和我费尽九牛二虎之力把新轮子拖下来,工具装好,摇了半天,也没有卸下旧轮子。"以前我几分钟就能换下来。"哥哥慨叹,现在没有办法,只好找出白手巾绑在车上,向开过的车求助。

车子一辆又一辆风驰电掣般从我们身旁过去了,谁也不注意路边停车。我们奋斗了约一个小时,车停着。没有

—271—

冷气,太阳直晒,车里热如蒸笼。父亲仍是照他平常一样,老实地坐着,绝不催促,绝不焦躁。

不远处又有一辆车停下了,也是修理什么。嫂嫂跑过去求援。那是一家波多黎各人。全都是黑黑的,很有吉普赛人模样。男的过来了。他摇了几下千斤顶,就把车身顶了起来。迅速地换上新轮子。从始至终没有说一句话。向他致谢时,才发现他并不会说英文。无怪乎卜德老先生想要个孙子呢。

车修好了,大家决定先到最近的一个站上打尖。这时父亲脸很红。有些气喘,可还是说"很舒服"。哥哥陪他去盥洗室,过了很久还不出来。我有些着急,托一个男孩进去看看,他一会儿就出来了,说:"那位老先生晕倒了,要叫救护车。"我愣住了,直盯着他,他忙又说:"已经醒了,像是好了。"这时哥哥扶着父亲出来了。还有两个美国人陪着,送他躺在一个长椅上。两人之一是医生,他敲敲听听,一面命餐室的人拿冰袋,老人是在发烧,医生说心脏没问题。返回纽约应该是可以的。

父亲躺着,完全清醒了,还是说没有哪儿不舒服,还一再说回哥伦比亚。我们想起他的丹毒旧病,看他的左腿,果然有一点鲜红起来,觉得有些把握,便决定返回纽约。

从父亲晕倒起，只有有用的人上前帮助，并无闲人围观。

车子在落日斜晖中疾驶，大家都不说话。父亲起先微笑着说没有什么，后来我叫他，只哼了一声。走了一段路，他忽然垂下头，怎么叫都不回答，他又晕过去了！等不得到纽约！我叫起来。就在最近的一个收买路钱处要了救护车。我们的车停在路边等候。

父亲斜靠着我，完全不省人事。难道真的不能回家了么？我们一定得一起回去！旅行前就商量好的，无论遇到什么事也要回去！记得吗？我们庭院中十年浩劫失去的竹子还没有种，书案上都有未完成的书稿，还有我那重病的弟弟在等着，盼着。呵，父亲！你可一定要和我一起回去呵！

不到五分钟便开来一辆车，跳下两个壮汉，把父亲抬上担架。给他吸氧。紧接着又来了一辆车，这才是装载病人的车。救护人员身着黄色工作服，在浓重的暮色中十分醒目，使人精神一振。他们敏捷地把父亲抬上车，我坐在他身旁，车子往最近的医院开去。

于是父亲住进了波思·安波依地区医院。我又开始了一段侍病生活。

自七十年代始，陪侍卧病在床的二老双亲是我生活内容之一。记得一次从城里开会回来,疲惫得恨不得能立刻倒下,再也不起来。可是母亲发高烧,正等着我送医院。有时是父亲重病,需要马上治疗。每次都要跑来跑去找救护车,找担架,找抬担架的人,求不尽的人情。说不完的好话,比较起来,这次是顺利的。

安波依医院是普通的公立医院,论级别,可能相当于海淀医院,还不如海淀医院宽敞,来就医的都是平民百姓。依我看来,它很好了,它有自动两头起落的床,有活动磅秤,每天称重量,把病人一卷吊起来,毫不费事。点滴抗菌素不是每天扎针,而是在臂弯里埋进针头,用时打开。每天抽血化验,缺什么便补给什么。

每人床头有电话,床对面墙上有电视,付钱使用。这都是美国人缺不了的东西。这些大概都是工业发达,医学先进的表现。但是医院给我印象最深的和发达与否似乎没有关系,那是这里的护士。

护士是神圣的职业,是白衣天使。小时在教科书里读过讲南丁格尔的文章,很为她伟大的人格所感动。可是这些年,我们的护士和天使差得太远了。在美国医院里见到护士的工作情况,不由得要为她们写一笔。

这些护士小姐都很整洁漂亮,可她们什么都做。给药打针，铺床叠被，清理排泄物，代病人擦身，总是细心而又耐心。我在这里陪住其实多余，也是格外照顾。一般是不准陪的。父亲住两人一间的病房，十天中换了三个病友，一个是犹太工人，一个是西班牙人，卖肉为生，也不会说英语，第三个是个小黑人，在码头上开什么机器。他们的社会地位都差不多，小姐们对他们都一样周到。

有一位胖胖的小姐，她常用手给病人揉背。"可以轻松一些，"她说。到晚上总问我，"要杯茶吗？"一会儿便端来茶或咖啡，我问她为什么选择这一行，她笑眯眯地说："我喜欢照顾人。"还有一位年长些，说她需要工作贴补家用。有位特别漂亮的，说她母亲是护士，她从小就想当护士。她们都是中学毕业后又上护士学校，有人在胸前戴着学校的毕业纪念章。最神气的是两位护士长，头戴白色头饰，胸佩工作十年（也许是二十年）的纪念章。她们比一般护士涂抹更浓，显得格外隆重。所有的护士看上去都以自己的职业自豪，并不想随时跳行变做医生，那当然也是不可能的。

曾约胖小姐谈谈护士工作。她说可以谈的太多了，一个午夜她下班后到我栖身的吸烟室来。可是我数夜未安眠，那晚睡得正熟，迷糊中知道她来了，跳起身留她坐，她已

-275

走到走廊另一头,摆摆手转身不见了。究竟她们的甘苦如何,我不知道。也许有什么措施促使她们如此积极。不过她们具有高度的职业道德,这一点是显然的。

这医院病人民族成分复杂。工作人员也是一样。那晚收父亲住院的医生是印度人,后来管他的医生是犹太人,胖小姐是意大利人。化验室有一位中国台湾人,听说来了中国人,特地来问有无需要帮忙之处。医院门口有明文告示,规定对各人种不得歧视。各民族杂居是美国一个突出现象,越到下层越显著。

一纸告示当然不能说明问题,以前知道美国黑人和波多黎各人多在社会下层,这次来才知道白人中也分三六九等。意大利、西班牙等南欧一带人属下等,东欧人好一些,法国人好多了,北欧人是上等。白人中的顶尖是W.A.S.P.,即白人中之安格鲁撒克逊种之新教徒,这类顶尖人物似无明文之优惠待遇,但是在找工作时他们吉星高照的机会总要多一些。

至于中国人的地位,以前有这样的笑话:中国大使去拜客,主人说我这儿没有脏衣服。现在大不相同了。不少中国血统的美国人以祖先传给的智慧和毅力在科技、企业界获得高位,还有我们正在走向现代化的祖国,为每一个人撑腰。总的来说美国的民族问题这些年是有改进的。他们也很重视这一问题。

医院里除医生、护士、勤杂人员外，还时常有牧师出现。刚进医院等着收住病房时，斜对面布帘内有一个从楼上坠伤的黑人女孩，一位黑人妇女显然是她的母亲。还有一位白人男子，我起先以为是她的父亲，后来他过来搭话，才知是牧师。他说帮助排忧解难是牧师分内的事，问我是否需要帮助。后来在病房也来过几位牧师，都是全副披挂，身着黑衣，手持《圣经》，问要不要谈话。我以为和牧师谈话是危重病人的事，心里不大欢迎。也未见别的病友和他们谈话。

护士小姐总是受欢迎的。她们不只细心照料病人，还耐心解释病情，一位高个儿小姐说父亲缺钾，我听不懂，她特地送了一份剪报来，上面是关于钾的说明。主管医生请了医院外的心脑专家来会诊。管推车，称体重的特大胖子（这种胖子国内没有）动作灵活麻利，绝不要求家属助一臂之力。病人膳食也是柔软可口的。

安波依医院的普通的美国人用他们平凡的工作治好了父亲的病。父亲病势平稳后，哥哥因假满必须去上班。分别前他对我说："又剩你一个人了。"我回到病室中，正遇见那已经出院的犹太人送来两个西红柿。小黑人的母亲说有一个什么会要来看望,问我们有什么困难。我估计那是个慈善组织。向她解释我们什么也不需要,我们有领事馆在纽约。电话里传来美国各地友人的问候,附近的认识的人(奇怪几乎走到哪儿都能找到认识的人)送来食品。父亲可以下床了,我扶他在走廊上踱步,一位住在五人一间病房里的工人笑道:"开始他的马拉松!"他的笑容使我想起"文革"中北京的一个医院不肯为父亲治病,病房中几位工人愤愤不平的样子。这幽默和那愤愤都显示了人和人之间的正常的关心,让人久久不忘。

客居他乡又患重病,在秦琼时代是连黄骠马也得卖了。我们这段生活虽然紧张,却不觉凄凉。我想最主要的原因是,我们有个大靠山——祖国。我们不是无根的小草,而有祖国大地可以依附;我们不是飘零的落叶,而是牢牢生长在祖国这株大树巨人的枝头。我们离家千万里,却和祖国息息相通,在祖国的庇护下,我们把落魄变成了奇遇。

十天以后,纽约领事馆的同志来接我们出院。我回头看波思·安波依的小街,我知道永不会再来了。

我们要回家了,回家了。

一九八四年元月上旬。此期间小弟病逝。此期间父亲在北京又两次住院，一切都方便得很了。护士同志也在向天使的境界进发。何时天下人都能得此方便，而不致盛年徂谢，壮志难酬，则吾身独病死亦足！